出雲のあやかしホテルに就職します⑬

硝子町玻璃

双葉文庫

AYAKASHI HOTEL

プロローグ

ホテル櫻葉《さくらば》では、外国から訪れた客が宿泊することも少なくない。人間も、人間以外も。

「今晩は、こちらでお世話になりまーす」

立ち襟の黒いマントを身に纏《まと》った金髪赤目の男は、見初《みそめ》たちに恭《うやうや》しく頭を下げた。

右手に黒い日傘を携え、薔薇が彫られた黒い棺《ひつぎ》を背負いながら。

「このホテルは、人間以外も泊まることが出来ると伺いました。素晴らしいっ！」

陽気な声で喋る男。その口からは、鋭い牙が見え隠れしている。

「もしかすると、お客様は吸血鬼でいらっしゃいますか？」

「そう！　故郷から遥々やって来ました！」

永遠子《とわこ》が尋ねると、男はグッと指で頬を吊り上げて、牙を見せ付けた。

「吸血鬼さんの故郷って……イギリスでしたっけ？」

「違う。ルーマニアだ」

見初の間違いを、冬緒《ふゆお》が訂正する。

「今回は、ワタシに相応しい女性を求めて来日してきました。……ですが、たった今見付けました ー！」

この男も、永遠子さんに一目惚れしたか。嬉しそうな様子の吸血鬼に、見初と冬緒は互いに視線を向けながら思った。

しかし次の瞬間、吸血鬼は思わぬ行動に出た。

「ああ、アナタがワタシの運命の人……！」

恍惚の表情を浮かべながら、見初の手を取ったのである。

「ええええええっ⁉」

見初たちは驚愕のあまり、のけぞった。

「わ、私ですかっ？」

「はいっ！」

「こちらの女性ではなく？」

「んー、確かに美しいですが……この方にはワタシよりも、相応しい男性がいるはずです」

永遠子をまじまじと見ながら、吸血鬼は首を横に振った。永遠子は「あら、振られてしまいましたね」とクスクス笑っている。

「やはり、ワタシにはアナタが一番です……」

吸血鬼は甘い声で囁《ささや》き、見初の手にそっと口付けを落とした。

途端、見初は大きく目を見開く。

「これは、人生初のモテ期なのでは……⁉」

見初の脳内で、リンゴーンと鐘の音が鳴り響く。

「何だこの男……」

恋人を目の前で口説かれて、冬緒が頬を引き攣《つ》らせる中、吸血鬼はどこからか取り出した薔薇を見初に差し出した。

「お嬢さん、ワタシと故郷で暮らしませんか？」

「と、突然そんなことを仰られても、私外国の言葉全然話せませんし……」

「毎日、肉料理を食べてくれるだけでいいでーす！」

「はい、喜んで食べます！」

「それでは、この中に入ってください」

吸血鬼は棺を床に下ろすと、ギィィと蓋を開けた。

「えへへっ、失礼しまーす」

「どうぞ、どうぞ」

パタン……

「ワタシ、急用が出来ましたので、帰りまーす！」

「ちょっと待ったーっ！」

見初を収納した棺を背負って逃げようとする吸血鬼を、冬緒と永遠子が引き留める。

「そうはいきません！　ようやく見付けた最高級品で……ぐふっ」

その時、吸血鬼の頬に白い塊《かたまり》が命中する。

「ぷううううっ！」

白玉《しらたま》が、厨房からくすねてきたニンニクを次々と投げ付けていた。

「見初姐《ねえ》さんに何してんだ！」

「これでも食らいなさい！」

騒ぎを聞き付けた風来《ふうらい》と雷訪《らいほう》が、消臭スプレーを吹きかける。

「オー、やめてください！　フローラルな吸血鬼になってしまいます！」

「見初を返せ、この人さらいーっ！」

そして、二本のペンで作った即席十字架を翳《かざ》す冬緒。この攻撃が一番効いたらしく、吸血鬼はその場に崩れ落ちた。

「お嬢さんを返すから、十字架をやめてくださーい……！」

弱々しい声を上げながら、再び棺を開ける。

「大丈夫か、見初！」

「はっ、冬緒さん……！」

見初を棺から救出しながら、冬緒は吸血鬼を睨み付けた。

「さては、見初に魅了の魔法を使って……！」

「いえ、まだ使ってません」

「えっ？」

まさか、自分の意思で入っただと……？

冬緒が視線を向けると、見初は「浮かれちゃって、つい……」とだけ言って、顔を逸らした。

「あの、吸血鬼さん。あなた、さっき見初ちゃんのことを最高級品って仰っていませんでした？」

永遠子が冷静な口調で吸血鬼に尋ねる。

「はい！　一目見た時から、そう思っていました！」

吸血鬼は見初の手ではなく、手首に触れた。

「この力強い脈拍から感じる、猛々《たけだけ》しい生命の血潮……あなたはとても血の気の多い女性です！　きっと私に美味しい血を飲ませてくれるでしょう！」

ピシャァーンッと、見初の心の中に雷が落ちた。

「私、恋人じゃなくて食料ってことですか⁉」

「恋人であり、食料です！　ああ、あなたを見ていたら我慢出来なくなってきました！　ちょっと味見を……」

吸血鬼が見初に顔を近付けようとする。すると風来が「ま、待って！」と叫んだ。

「やめたほうがいいよ！　見初姐さん、いつもお菓子ばっかり食べてて運動もしてないから、血液ドロドロで多分美味しくないよ！」

「先日の健康診断でも、血管年齢60代って結果が出てましたぞ！」

「そうなのですか⁉　い、いえ、ですが一度味を確かめてみないと……！」

忠告を聞いても引き下がろうとしない吸血鬼に、二匹はさらに続ける。

「でも見初姐さんの血を吸った蚊が、その後すぐに死んじゃったんだよ⁉」

「あまりのまずさにショック死したのです！」

そこに冬緒と永遠子も加わる。

「見初を恐れてか、このホテルには蚊がまったく寄りつかなくなったんだ」

「近くに山があるのに蚊が全然出ないって、お客様からも評判なのよ」

「オー。ワタシ、まだ死にたくありませーん……」

風来たちに嘘八百を吹き込まれた吸血鬼は、みるみるうちに青ざめていった。そして、

「どうもお騒がせいたしました」と謝った後、しょんぼりと肩を落としながらホテルを去って行く。

その寂しい背中を見詰めながら、見初がぼそっと呟いた。

「助かったけど、何だかすごい複雑な気分です……」

「ごめんな、見初。だけどお前には、俺がいるから……」

こうして見初の人生初のモテ期は、数分で終了したのだった。

特に理由もなく、立ち寄った店だった。適当に冷やかして、そのまま帰ってくるつもりだった。

しかし店主は人好きのする笑みを浮かべながら、押し売りをしてきた。

「お兄さん、これなんてどうでしょう？　最近、うちの店に流れてきたものなんですよ。今なら、少しお安くしておきます」

あまりにもしつこいので、さっさと店から出ようとしたが、ふと足を止める。

「……それが欲しいんだが」

「ありがとうございます！　お約束通り、割引きにさせていただきますね」

安くすると言っても、本来の価格とさほど変わらなかったが。

木箱を落とさないように、大事に抱えながら帰り道を歩く。脳裏には、妻の顔が浮かんでいた。

幸せにすると言って結婚したのに、彼女には苦労をかけてばかりだった。忙しさにかまけて、結婚式も挙げていない。我ながら酷い男だ。

だからたまには、妻の喜ぶことがしたかった。

妻は事務室で帳簿をつけていた。しかしこちらに気付くと、「おかえりなさい、あなた」と穏やかな声で言う。

「あら？　その箱、どうしたの？」

不思議そうに聞かれて、咄嗟《とっさ》に言葉が浮かばなかった。何と言って渡せばいいのか、分からない。こんな時、口下手な自分が嫌になる。

迷った末に木箱を帳簿の横に置くと、妻はきょとんとした顔をした。

「……質屋で買った」

そう告げるので精一杯だった。居たたまれなくなり、くるりと背を向ける。

「まぁ、とっても綺麗～！」

木箱を開けたらしい妻の嬉しそうな声に、安堵《あんど》する。気に入ってくれたのなら、それでいい。

「あなた」

事務室を出ようとしたところを呼び止められて、振り向く。

「ありがとう。大切にするわね」

木箱から取り出したものを両手で包み込みながら、妻が微笑む。たったそれだけなのに、何故か胸の奥がじんと、温かくなった。

涼しい風が吹くようになり、少しずつ冬へと近付きつつある秋の中頃。ホテル櫻葉《さくらば》でも大きなトラブルが起きることなく、穏やかな日々が続いていた。

しかしこのような平穏な日常は、突如終わりを迎えるものである。

◆◆◆

「皆の衆――ッ！　突撃でおじゃるぅ――っ！」

ロビーに響き渡る甲高《かんだか》い声での号令に、見初《みそめ》は驚いて周囲をきょろきょろと見回した。

「て、敵襲っ⁉　どこから⁉」

「……あいつらじゃないか？」

冬緒《ふゆお》が訝《いぶか》しげな表情で、ホテルの正面玄関を指差す。見初がそちらに視線を向けると、謎の四人組が猛スピードでこちらへ向かって走って来る。

見た目は五、六歳の子供で、黒髪のおかっぱ頭。そして臙脂《えんじ》色の着物に、市松模様のちゃんちゃんこを着ている。

どこから見ても座敷童である。愛らしい姿をした彼らは、何故か一様に、血走った目でロビーを疾走していた。

「あなたたち、そんなに走ると危な……」

永遠子《とわこ》が忠告しようとした矢先、一人が足を滑らせて派手に転倒した。

「おじゃあ——ッ！」

「ああっ、月子《つきこ》が転んでしまったでおじゃる！」

「月子は捨て置くでおじゃるよ！」

「今は時間が惜しいでおじゃる〜！」

転んだ仲間に構うことなく、フロントに辿り着く座敷童御一行。

ホテルに泊まりに来たのだろうか。見初が身を屈めながら声をかけようとすると、彼らは一列に並んで頭を深く下げた。

「「どうか我らを救って欲しいでおじゃる！」」

「はい……？」

突然助けを求められて、見初は首を傾げたのだった。

見初と永遠子は、とりあえず座敷童たちを応接室に連れて行くことにした。転んだまま起き上がれずに、その場で啜《すす》り泣いていた四人目も回収して。

「我らはこういう者でおじゃる」

リーダー格の座敷童が、名刺らしきものを永遠子に差し出す。そこに書かれている社名を、見初は不思議そうに読み上げた。

「……トラスト・パワー・グローバル・カンパニー？」

「信用、力、世界って意味でおじゃる。略してＴＰＧカンパニーでおじゃる」

リーダーが大真面目な顔で言う。

どこからツッコめばいいのだろう。見初がリアクションに悩んでいると、永遠子は口元に指を当てながら口を開いた。

「ＴＰＧカンパニー……聞いたことがあるわ。確か座敷童派遣サービスを行っている企業だったかしら」

「何ですか、それ⁉」

まさかの業務内容に、見初はぎょっとした。

「全国の旅館組合の上層部と繋がっていて、各地の旅館に座敷童を派遣しているって話よ」

永遠子の言葉に、リーダーの座敷童がうんうんと頷く。

「『座敷童が棲《す》みついてる部屋』が存在するだけで、その旅館は知名度が上がるものでおじゃる。そうすればお客様もたくさん泊まりに来るようになって、旅館組合の儲けもアップするでおじゃるよ」

「TPGカンパニーは、その売上の一部を貰っているでおじゃる！」

「ウィンウィンの関係ってやつでおじゃるな」

「ゆくゆくは全米進出も狙っているでおじゃる」

世界に羽ばたく気満々の彼らに、見初は「ほ、ほぅ〜……」と相槌《あいづち》を打つのがやっとだった。話が壮大すぎる。

一方この空気感に慣れた永遠子は、冷静な様子で彼らに質問していた。

「つまりあなたたちは、ここの派遣社員ってことね」

「ザッツライトでおじゃる！」

四人はソファーから立ち上がると、右手の拳を体の左前に出すポーズを取った。

「花子《はなこ》！　鳥子《ちょうこ》！　風子《ふうこ》！　月子！　四人揃ってチーム花鳥風月でおじゃーる！」

リーダーの声に合わせて、三人が「やぁーっ！」と謎のかけ声を上げた。

彼らの手の甲には花や鳥などの絵が描かれていて、それぞれの名前を表しているらしい。リーダーの手の甲には花が描いてあるので、恐らく花子といった具合に。

「何かこう……座敷戦隊ワラシンジャーって感じね」

真顔でコメントする永遠子に、座敷童たちは「そんなダサい名前嫌でおじゃるよ！」と抗議した。

「ま、まあまあ。それでチーム花鳥風月さんたちは、どうしてうちに来たんですか？」

見初が花子に尋ねると、彼らはお互いの顔を見合ってから深い溜め息をついた。

「それが……近頃五人目が入って来たでおじゃるが、その新入りのせいで苦情が殺到して困っているでおじゃるよ。このままでは連帯責任で、我らにもペナルティが下されるでおじゃる」

「最悪解雇でおじゃる……」

「行き着く先は、野良座敷童でおじゃる」

「今のご時世、新しい職を見付けるのは大変でおじゃる〜」

沈痛な面持ちで語る四人。事態は思ったよりも深刻らしいが……

「えっと……そういうことはうちじゃなくて、まずはそちらの上司に相談したほうがいいと思います」

「そんなのとっくにしたでおじゃる。そしたら『現場の問題は、現場の座敷童たちで解決しろ』とあしらわれてしまったでおじゃる。だから、あやかし相談所と巷《ちまた》で噂になってるこのホテルにやって来たでおじゃるよ」

「そういうことでしたかー……」

ブラック企業。そんな単語が見初の脳内に浮かんだ。

「……永遠子さん、どうしますか？」

見初は小声で永遠子に意見を求める。

「ダメって言って、この子たちがすんなり帰ってくれると思う？　とりあえず話を聞いてみましょう」

「ですね……」

TPGカンパニーの上層部が投げ出しているのだ。このまま帰すわけにもいかない。

「その新入りさんは、どんな問題を起こしているんですか？」

「ん～、何と説明すればいいでおじゃろうか」

花子が腕を組みながら天井を見上げていると、風子が小声で言った。

「全部包み隠さず話したら、この人たちが怖がって手を貸してくれなくなるかもしれんでおじゃるー……」

見初は「えっ」と声を上げながら、風子を見た。何やら不穏なことを聞いてしまったような。

しかし花子は何事もなかったかのように言った。

「まあ、一晩泊まってみれば分かるでおじゃる」

「あの……リーダー？　今、風子さんが変なこと言ってたんですが」

「我らの職場はとっても綺麗で、ご飯も美味しい旅館でおじゃるよ～」

「リーダー⁉」

何故か深く語ろうとしない花子に不安を感じつつ、見初と永遠子は早速その旅館へ向かうことにした。ちなみに人手を一気に減らすわけにもいかないので、冬緒は留守番だ。

「急にすみません、冬緒さん」

「お前が謝ることじゃないだろ？　何があるか分からないから、気をつけるんだぞ」

「はい」

「向こうに着いたら必ず連絡するんだぞ。あと、食べすぎと夜更かしには注意しろよ。朝はいつもの時間に起きるように！」

お母さんか。

「白玉《しらたま》……冬緒さんのことお願いね」

「ぷぅっ！」

見初に言われて、白玉がビシッと敬礼する。

心配性な恋人を仔兎に託して、見初はホテル櫻葉を後にしたのだった。

◆　◆　◆

秋風の宿。今の季節にぴったりな名前の旅館は、出雲《いずも》市のとある場所に構えていた。

築百年以上の老舗旅館で、武家屋敷を彷彿《ほうふつ》とさせる佇まいである。夕暮れの光に照らされて、建物は鮮やかなオレンジ色に染まっていた。

駐車場が満車なところを見ると、ずいぶんと繁盛しているらしい。

「うわ～……！」

座敷童が派遣されるような旅館なので、もっとオンボロかと思いきや、重厚感ある外観に、見初は圧倒されていた。

「ここって、隠れた名所なのよ。予約するのに数ヶ月かかる時もあるみたい。数年前にご主人が病気で亡くなって、現在は奥様が女将《おかみ》さんとして経営しているわ」

「やけに詳しいですね……」

「女将さんとは顔見知りなのよ。昔、うちのホテルに泊まりに来てくれたこともあったの」

「あ、だから部屋をすぐに予約出来たんですか」

座敷童の出る部屋なんて、人気が高くてすぐには泊まれないと思っていた。ところが永遠子が旅館に問い合わせてみると、すんなりと予約出来たのである。

「いいえ。そうじゃないのよ、見初ちゃん……」

合点《がてん》がいった様子の見初に、永遠子は旅館を見上げながら、溜め息をついた。

「いらっしゃいませ。ようこそお越し下さいました」

玄関に入ると、若草色の着物を着た女性が見初と永遠子を出迎えた。この旅館の女将である。

永遠子は、女将にペコリと頭を下げた。

「お久しぶりです。それと今日は、突然お邪魔してすみません」

「いいえ。櫻葉さんが来てくださって、とても嬉しいです。今夜はごゆっくりお過ごしくださいね」

女将がおっとりとした口調で言う。

見初たちを客室へ案内するのは若い仲居で、どことなく女将と顔立ちが似ている。

「この人は女将の娘さんよ」

「初めまして、千夏《ちなつ》と申します。ではこちらへどうぞ」

千夏に連れられて板張りの廊下を進んでいく。微かに漂う木の香りが、不思議と心をリラックスさせる。ガラス戸越しに庭を見ると、白い石と砂で作られた枯山水《かれさんすい》が広がっていて、夕暮れ色に染まっていた。

廊下の突き当たりにある一室の前で、千夏は立ち止まった。そして、その場に正座をして、襖をゆっくりと開ける。

「こちらが翡翠《ひすい》の間でございます」

広々とした和室である。机には、二人分の湯飲みと茶菓子が用意されていた。

しかし壁の方を見て、見初はぎょっと目を見開いた。赤い布がかけられた台の上に、手毬やお手玉など、子供の遊び道具がずらりと飾られている。さらに天井からは大量の吊るし雛《びな》が吊るされていた。

　ザ・座敷童の部屋だ。

「この部屋、少し前までは一番人気だったんです。テレビで紹介されたこともありました」

「それは……やっぱり座敷童が出るからですか？」

　見初が尋ねると、千夏は頷いた。

「夜中になると子供の笑い声が聞こえたり、パタパタって足音が聞こえるみたいですよ。私も母も、そんなの聞いたことありませんけど……」

　どうやら旅館の従業員は、ＴＰＧカンパニーの存在を知らないようだ。

「だけど少し前から、妙な噂が流れるようになったんです。そのせいで誰も泊まらなくなってしまったんです。この部屋にお客様をご案内するのは、久しぶりですね」

「どんな噂なんですか？」

「何でも座敷童じゃなくて、地縛霊が現れるそうです。別な部屋に替えて欲しいと言われたこともありました……」

　千夏が頬に手を添えながら、室内を見回す。

　見初と永遠子は嫌な予感がしたものの、今さら引き返すわけにもいかなかった。

暫《しば》くすると、豪華な料理が運ばれて来た。

平日にこんな贅沢をしていいのだろうかと思う見初だったが、誘惑には抗えず箸を伸ばした。どの料理もとても美味しいが、一番はすき焼きだ。サシの入った牛肉は蕩《とろ》けるような食感で、永遠子も「柔らかくて美味しいわね」と絶賛している。

至福の時を過ごす見初と永遠子だが、部屋の隅ではチーム花鳥風月の四人が、ハムスターのように身を寄せ合って震えていた。

「来る……きっと来るでおじゃる……！」

花子がぶつぶつと何か呟いている。

だが問題の新入りは、いまだに姿を見せない。そのうちに、仲居が布団を敷いてくれ、そしてとうとう就寝時間を迎えたのだった。

「あれ？　さっきまでおじゃおじゃうるさかったのに……」

座敷童たちの姿が見えない。見初は布団の上で枕を抱えながら、室内をキョロキョロと見回した。

「多分逃げたんじゃないかしら……」

「……とりあえず寝ますか」

部屋の明かりを消して、布団に潜り込む。虫の音も聞こえない静かな夜だ。布団もふかふかで気持ちよく、見初がうとうとし始めた時だった。

ドスン……ドスン……という重い足音に驚いて、見初はハッと目を開いた。何者かが部屋の中を歩き回っているようだ。

だが異変は、それだけではなかった。

「フゥーッ、フゥーッ」

荒々しい息遣いが耳元で聞こえる。それが止んだかと思えば、今度は天井からジャッ！ジャッ！と小石を擦り合わせているような音が降ってきた。眠気など完全に吹っ飛んでしまっていた。

「と、とわ……」

見初が小声で永遠子を呼ぼうとすると、何故か勝手にテレビの電源が入る。

画面には、古びた井戸らしきものが映っていた。するとその井戸の中から、市松模様の羽織を着た何者かが這《は》い出てくる。

見初がごくりと唾を呑む中、映像が乱れ始める。謎の人物は俯いたまま、ゆっくり肩を揺らしながらこちらへふらふらと近付いて来て——その上半身が、テレビ画面を突き抜けて来た。

「ア、ア、ア、アァァ……！」

苦しげな呻《うめ》き声を上げながら、こちらへ向かって伸ばされる手。

「ギャアアアアッッ‼」

あまりの恐怖で、見初の意識はそこでブツリと途切れたのだった。

◆　◆　◆

「見初ちゃん！　しっかりして、見初ちゃん！」

「うーん……うーん……ハッ！」

永遠子に体を揺さぶられて、見初は目を覚ました。ずいぶんと気を失っていたらしく、室内はうっすらと明るくなり、外からは鳥の囀《さえず》りが聞こえてくる。

テレビの電源は消えていた。

「と、永遠子さん、昨日の観ましたか⁉　テレビから何か出て来てましたよね⁉」

「……テレビ？」

「ほら！　こんな感じでずるぅ〜って！」

見初は這うようなポーズをして、昨夜目撃したものを再現した。

すると永遠子が「そんなことまであったのね……」と、ぽつりと呟く。

「永遠子さんは見てないんですか？」

「変な音が聞こえていたし、誰かの気配も感じていたわ。でも見初ちゃんに声をかけようとした途端、金縛りに遭って、身動きが取れなくなっちゃって」

「金縛りぃ⁉」

「しかも、ついさっきまでずーっと動けなかったの。だから見初ちゃんが悲鳴を上げても、何が起きてるのか分からなかったのよ……」

眠ることも出来なかったのか、目を充血させながら永遠子が顔を近付けてくる。見初は思わず後退りした。

「だけど、まさか昨日のアレが──」

「新入りの仕業でおじゃる」

頭上から聞こえた子供の声に、見初と永遠子が見上げると、天井の板がずれて座敷童たちが敷きっぱなしの布団へと降り立った。他の三体は体操選手のような綺麗なフォームで着地したが、月子だけは顔面から落ちていた。ホテルのロビーで転倒していた時といい、どん臭いのかもしれない。

「これで奴のヤバさが分かったでおじゃろう？」

「ええ……十分すぎるくらい分かったわ」

永遠子が眉《ひそ》を顰めながら欠伸《あくび》をする。睡眠不足のせいで、文句を言う気力もない。

「おたくは新人にどんな教育をしてるんですか⁉　座敷童の悪戯《いたずら》ってもっとほのぼのとした感じでしょうが！」

見初が目を吊り上げて、花子に詰め寄る。

座敷童との出会いを求めて泊まりに来た客を、本気で怖がらせてどうする。

だが花子も両腕を突き上げて、負けじと言い返す。

「そんなの我らに言われても困るでおじゃる！　奴が勝手にやってることでおじゃる！」

「何言ってるんですか！　社会人が言い訳するなでおじゃる！」

「見初ちゃん、口調が移ってる移ってる」

見初は永遠子の言葉で我に返ると、コホンと咳払いした。

「……そもそも、新入りさんは何者なんですか？」

見初の問いかけに、座敷童たちは口々に言う。

「我らにも分からんでおじゃる。ある日突然、我らのチームに配属されたでおじゃる」

「しかも、自分のことを全く語ろうとしないでおじゃるよ」

「そこそこ名の知れた悪霊だったんじゃないかと、社内では噂になっているでおじゃる」

「我は松阪牛を五十頭食い殺したと、聞いたことがあるでおじゃる」

どんどん内容が物騒になっていく。

何故TPGカンパニーは、そんな危険人物を雇用したのだろうか。見初と永遠子が腕を組んで考え込んでいると、

「今、あたしのことを悪霊って言ったのは、どいつだい……？」

しわがれ声が聞こえた直後、押し入れの戸がスパーンッと開いた。

その中に潜んでいたのは、五人目の座敷童だった。いや違う。座敷童の格好をした老婆だった。怒りの形相で、顔面蒼白の座敷童たちを睨みつけている。

まさかこの人が新入りなのでは。見初は、老婆に恐る恐る声をかけようとする。

「あ、あの～、あなたは……」

「あんたたち、覚悟しなぁっ‼」

老婆がそう叫んだ途端、枕に布団、さらにお手玉や手毬が浮き上がり、ビュンッという風切り音とともに座敷童たちへと飛んで行った。

「おじゃあぁぁぁ――っ‼」

室内に響き渡る悲鳴。宙を飛び交う寝具や玩具《おもちゃ》。必死に逃げ惑うチーム花鳥風月。「待てぇぇぇ」と叫ぶ老婆。

見初は机の下に潜り込んでいた。すると永遠子が、鬼気迫る表情で駆け寄って来た。

「逃げるわよ、見初ちゃん！」

「でも座敷童たちはどうするんですか⁉」

「見捨てるしかないわ！　このままだと、私たちもやられるわよっ！」

「えええええっ⁉」

だが永遠子の言う通り、ここにいたら自分たちも巻き込まれてしまう。

「見初様ーっ、永遠子様ーっ、どこに行くでおじゃるかーっ！」

「みなさん、すみません！　後でちゃんと助けに来ますから！」

「それじゃあ、ばいばい！」

そう言い残し、見初と永遠子は荷物を抱えながら翡翠の間から脱出した。部屋から四人の絶叫が聞こえて来るが、二人は後ろを振り返ることなく、一目散にトイレへと駆け込んだ。

そして身支度を素早く済ませ、フロントにいた仲居に浴衣《ゆかた》を手渡すと、慌ただしく旅館をチェックアウトしたのだった。

「……逃げて来ちゃったわね」

永遠子は気まずそうに旅館を見上げた。

「このまま放っておくわけにもいきませんよね……」

何せ逃げ出す際に、「後で助けに来る」とつい口走ってしまったのだ。ここで本当に見捨てたら、また座敷童たちがホテルに押しかけて来るかもしれない。

「……今夜も泊まってみる？」

「……そうですね。でも予約出来なかったら、後日ということで……」

「ええ。泊まれないんじゃ、仕方ないわよね」

どうか、泊まれませんように。

そんな空気が漂う中、永遠子はスマホを取り出して旅館に電話をかけた。

そしてその晩。見初と永遠子は、昨日と同じ部屋で豪華な夕食を黙々と食べていた。

「きっと戻って来てくれると、我らは信じていたでおじゃるよ！」

「素晴らしい人間でおじゃる」

「あのまま逃げたと思ったでおじゃる！」

「我らを見捨てたら、ホテルを呪うつもりだったでおじゃる〜」

座敷童たちは、再び泊まりに来た見初と永遠子に大喜びだった。今朝、彼らを恐怖のどん底に叩き落とした、あの老婆の姿はない。

「……新入りさんは、あそこにいるんですか？」

押し入れをじっと見ながら、見初はリーダーに尋ねた。

「いんや、今は旅館内を徘徊《はいかい》してると思うでおじゃる〜」

「あんなのを野放しにしといて、大丈夫なんですか⁉」

「奴はこの部屋でしか暴れないから、心配いらんでおじゃる」

花子はお手玉で遊びながら答えた。他の座敷童たちもテレビを観ていたり、手鞠を転がしていたりとのんびり過ごしている。怯えて固まっていた昨夜とは大違いだ。

「見初様と永遠子様がいれば、百人力でおじゃる！　今日こそ奴をとっちめてやるでおじゃる〜！」

花子の声に合わせて、他の三人は「おぉっ！」と拳を突き上げた。

「多分無理じゃないかな……」

そんな見初の呟きは、聞こえていないようだった。


それから数時間後。寝る準備を整えて、見初は部屋の明かりを消した。

部屋の隅では、やる気満々の四人が待機している。

「今夜の我らは、いつもと違うでおじゃる！」

そうだといいのだが。あまり期待を持つことなく、見初が無言で布団に潜り込もうとした時だった。

ジャッ！　ジャッ！

どこからか、あの音が聞こえてきた。その後で室内をドタドタと走り回っているような足音。

見初はすぐに起き上がると、部屋の明かりをつける。

するとその目の前には、顔を真っ白に塗りたくった老婆が仁王立ちしていた。

「ギャアアアアッ！」

見初は絶叫しながら、その場に座り込んだ。

「人の顔を見て悲鳴を上げるんじゃないよ、失礼な小娘だね！」

老婆が鋭い眼差しで見初を見下ろす。

「見初様がやられたでおじゃるー！」

「もうおしまいでおじゃるー！」

チーム花鳥風月は戦意喪失して、天井裏に避難していた。先ほどの威勢は何だったのか。

「ん？　あんたら、昨日も泊まった客じゃないか」

老婆は訝しげに眉を顰めた。

「あなたのことで、この子たちに相談を受けたの」

「相談？　どういうことだいっ」

永遠子の言葉に、老婆の目つきが鋭くなる。

「えっと……座敷童たちがあなたと仲良くしたいらしいの！」

「おじゃっ⁉」

座敷童たちは、ぎょっと声を上げた。

「ふんっ、口から出任せを言ってんじゃないよ。それにあたしゃ、あいつらと仲良くするつもりはないからね」

「でしたら、せめてもう少し普通の座敷童っぽく出来ませんか……？」

そっぽを向く老婆に、見初は恐る恐る頼み込んだ。

「ガキがあたしのやり方に指図するってのかい⁉」

くわっと目を見開いて、老婆は見初に詰め寄った。

「ご、ごめんなさい！　でも、その派手な化粧も止めたほうがいいと思います……！」

「ふんっ。あたしはいつも、仕事の時は化粧を濃くするって決めてんだよ！」

こちらに歩み寄る気がまるでない。見初が言葉を失っていると、永遠子が腕でTの字を作って、「タイム！」と叫んだ。そして見初と座敷童たちを、部屋の隅に集める。

「無理ね。私たちにはどうすることも出来ないわ」

「そんな……我らはこれから先も、あのババァに怯えて暮らさなきゃいけないでおじゃるか？」

「こっちが何を言っても、やり方を変えてくれないんだもの。後はもう、この旅館から出て行ってもらうしかないわね」

永遠子の言葉に、見初たちは固い表情で頷いた。

「お願いします。どうか他の旅館に行ってください」

そして全員で老婆に土下座をしながら、そう頼み込んだ。

老婆は床に額を擦りつけている見初たちを見詰めると、

「嫌だね。あたしは、ここから出て行かないよ」

と素っ気ない口調で言い放った。

「おじゃぁぁ～……」

ムンクの『叫び』のように、頬に手を当てて絶望する座敷童たち。

見初と永遠子にも打つ手がなく、彼らをただ眺めることしか出来ずにいた。


しかしその一週間後の夕方。二人は再び秋風の宿を訪れたのだった。

「……来ちゃいましたね」

「そうね。やっぱりあの子たちが心配だもの……」

深い溜め息をつきながら翡翠の間へと向かうと、部屋の中はどんよりとした空気が漂っていた。座敷童たちの姿は見当たらない。

「も、もしかして解雇されて、いなくなっちゃったのかな……」

見初は室内を見回しながら、押し入れを開けてみた。

「……見初様でおじゃるか？」

中から子供の声がする。しかしそこには布団しか入っていない。

「んん？」

首を傾げる見初。すると畳まれた敷布団の間から、座敷童たちがにゅっと頭を出した。

「やっぱり見初様でおじゃる～」

「よかった！　みなさん無事だったんですね！」

全員の生存が確認できて、見初は安堵の笑みを浮かべた。

「ババァに見つからないように隠れて生活してたでおじゃる」

「はんっ。口の利き方がなっていないガキだね」

廊下から聞こえて来たしわがれた声に、座敷童たちの顔から表情が消える。

襖が勢いよく開かれ、老婆が部屋の中にドスドスと入って来た。

「で、出た……！」

まだ夜中ではないのに、現れた老婆に見初は反射的に身構えた。

だがあることに気付いて、目を丸くする。老婆の手が、うっすらと透けているのだ。

「おばあさん、それ……」

見初が尋ねようとすると、老婆は「何でもないよ」と手を後ろに隠した。

「そんなことより、また来たのかい。あんたたちも懲《こ》りないね」

「すみません。だけど、座敷童のみなさんが心配で……」

布団の中で怯えている彼らを見ながら見初が言うと、老婆は少し間を置いてから、

「まあ、ここから出て行ってやってもいいよ」

「本当でおじゃるか!?」

座敷童たちは、一斉に布団から飛び出した。

「ただし！　あたしの言うことを聞いてもらうよ！」

「聞くでおじゃる！　何でも聞くでおじゃる！」

コクコクと首を縦に振るチーム花鳥風月。もはやなりふり構っていられない。

「あたしがずっと探してるもんを見付け出しな」

「入れ歯でおじゃるか？」

「あたしが生前持っていたかんざしだよ。あたしが死んじまった後に、質屋に売り飛ばされたのさ。この旅館の主人が買い取ったところまでは分かってるんだが、何故か気配が途絶えちまってね……」

老婆は疲れたように溜め息をついた。どうやら、そのかんざしを探すために、旅館の中を歩き回っているらしい。

「かんざしを見付ければ、出て行ってくれるでおじゃるね！」

見初が座敷童たちに視線を向けると、彼らの目はやる気に満ちていた。

「我らの手にかかれば、そんなの楽勝でおじゃる！　さっさとババァのかんざしを見付けるでおじゃるよー！」

「ババァ言うんじゃないよ、このクソガキ！」

老婆が花子の頭をペシンと叩く。

「あたしの名前は清乃《きよの》ってんだ。覚えときな！」

「わ、分かったでおじゃる〜……」

こうして、チーム花鳥風月の存続をかけた物探しが始まった。

「我と鳥子はこっちを、風子と月子は向こうを探すでおじゃる！」

かんざしを求めて、旅館内を走り回る座敷童たち。

客室、スタッフルーム、物置はもちろんのこと、厨房やトイレにまで捜索範囲を広げた。

もしかしたら埋まっているかもしれないと、庭の土を掘り返したりもした。

だが一週間経っても、かんざしは一向に見つからない。

この事態に、座敷童たちは困り果てていた。

「ダメでおじゃる」

「見つからんでおじゃるな」

「心が折れそうでおじゃるよ」

「ほんとにあるでおじゃるか？」

翡翠の間で、円陣を組んで話し合う。その様子を、襖の隙間から覗いている存在には誰も気付かずにいた。

「……あいつらでも見付けられないのかねぇ」

襖の向こうで、清乃は小さく溜め息をついた。さほど期待はしていなかったものの、やはり落胆してしまう。

かんざしが最後に辿り着いた場所に間違いはない。しかし、どこにあるのかが分からない。自分にはもう、あまり時間が残っていないというのに。

清乃は両手を後ろに組みながら、のそのそと廊下を歩き始めた。

「どこに行っちまったんだか……」

その呟きは誰にも届くことなく、静かに霧散したのだった。

◆◆◆

蝋燭《ろうそく》のか細い光に照らされた薄暗い室内に、香の香りが漂う。

ここは女にとって、牢獄のような場所。綺麗な着物を着せられて、愛してもいない男の相手をさせられる。そしてそのうち、病に罹《かか》って死ぬ。逃げようとして捕まり、酷い目に遭う女もいる。生きることに耐えられず、自ら命を断つ者も多い。

そんな地獄の中で自分が生きて来られたのは、あの人がいたから。愛が、あったから。

「清乃、これを受け取ってくれないか」

差し出されたのは、青い玉のついたかんざしだった。

「……これを、わっちにくれるんでありんすか？」

「ああ。私だと思って大事にして欲しい」

男が微笑みながら言う。

彼には妻子がいるのだと、他の客が言っていた。恐らくここに通っているのは、単なる気まぐれだ。そのうち、飽きて来なくなるだろう。

けれど、その束の間の愛は生きる喜びを与えてくれた。

「はい……大事にしんす」

かんざしを両手で包み込みながら瞼《まぶた》を閉じると、熱いものがぽろりと零れた。男の指が、その涙をそっと拭う。

そこで清乃は、夢から覚めた。

「………」

桧《ひのき》の天井をぼんやりと見上げる。

しかしすぐに、座敷童たちが清乃の顔を心配そうに覗き込んでいることに気付く。清乃の目元に触れている者もいる。

「人の寝顔を勝手に見てんじゃないよっ！」

清乃は慌てて起き上がり、座敷童たちを怒鳴った。

「だ、だったら、部屋のど真ん中で寝んなでおじゃる！」

花子が両腕を大きく振り回しながら抗議すると、他の三人も「うんうん」と頷く。

「それに我らは、きよバァが夢見ながら泣いてるから、心配してただけでおじゃる！」

「やかましい！　大きなお世話だよ！」

清乃の声に合わせて、部屋のお手玉や手毬が浮き上がる。

「撤退でおじゃるーっ！」

次から次へと襲いかかって来る玩具に、座敷童たちが慌てて部屋から逃げ出そうとする。

だがその際、月子が着物の裾を踏んで転んでしまった。「おじゃっ」という短い悲鳴に混じり、ビリッと不穏な音がした。

「うぅ……お、おじゃあっ⁉」

何とか立ち上がった月子は、驚愕の表情を浮かべた。着物の脇が大きく破けているのだ。

「おじゃあぁぁ〜〜っ」

「派手にやっちゃったでおじゃるね……」

四つん這いになって号泣する月子に、花子たちが肩を竦《すく》める。

その様子を眺めていた清乃は大きく鼻を鳴らし、月子へとゆっくり近付いていった。

「貸してみな」

清乃の言葉に、月子が不思議そうに目を丸くする。

「き、きよバァ？」

「その着物を貸せって言ってんだよ！」

「おじゃじゃじゃ～」

清乃に無理矢理着物を剥ぎ取られた月子が、床をごろごろと転がっていく。

「逆羅生門でおじゃる……」

花子たちがガタガタと震える中、清乃が用意したのは小さな裁縫箱だった。そこから針と糸を取り出し、着物を縫い始める。

そして十分も経たないうちに「ほら、終わったよ」と、半泣きで膝を抱えていた月子に着物を突き出した。

戸惑いながらも月子が着物を着てみると、破れていた箇所は綺麗に縫われていた。

「これでいいだろ？　もう泣くんじゃないよ」

清乃はそう言いながら、針と糸を片付ける。

すると花子は何かを思いついた様子で、清乃にあるものを差し出した。

「……きよバァ、もしかしてこれも直せるでおじゃるか？」

生地に穴がぽっかりと開いてしまったお手玉だ。中に詰めてある米が見えている。

「そんなもん捨てて、さっさと新しいもんを買えばいいじゃないか」

しっしっと手で追い払おうとする清乃だが、花子は眉を八の字にしながら首を横に振った。

「これは会社の備品なのでおじゃる。壊したことがバレたら、罰としてお菓子が貰えなくなってしまうでおじゃる……」

　ＴＰＧカンパニーは基本的に現物支給制で、派遣社員には駄菓子が与えられる。だが何か問題を起こせば、当然減給もある。

「……仕方ないね。やってやるよ」

　清乃が渋々ながらお手玉を受け取ると、花子の顔に笑みがこぼれた。

「本当でおじゃるか？」

「菓子が貰えないって、ぴーぴー泣かれてもうるさいからね」

　清乃が素っ気ない物言いをしながら、針と糸を用意する。

　すると、鳥子と風子が部屋に飾られている手毬や日本人形を手に取った。そしてそれを清乃へと差し出す。

「これも壊れてるから、ついでに頼むでおじゃる！」

「お願いでおじゃる！」

　救世主の登場に、座敷童たちの目は光り輝いていた。

「まったく、あんたたちもかい……おじゃおじゃうるさいよ、ちゃんと一列に並びな！」

　声を荒らげる清乃だが、その口元はどこか嬉しそうに緩んでいた。

◆　◆　◆

「チーム花鳥風月のみなさん、大丈夫ですかね……」

仕事の合間に、見初は小さく溜め息をついた。清乃のかんざしを絶対に探し出すと燃えていた彼らだったが、その後どうなったのか分からずにいたのだ。

「翡翠の間には、今も変な噂が流れてるみたいよ。山姥《やまんば》が出る部屋とか……」

真面目な表情で永遠子が語る。当初は地縛霊が出ると言われていたのに、大分グレードアップしていた。

「座敷童たちは、今もあそこにいるんでしょうか……」

見初の表情が曇る。見かけのわりに逞しい彼らなら、心配いらないだろうが……

「もしかしたら、そのばあさんに食われたんじゃないか？」

冬緒が洒落にならないことを言い出した。

「な、何言ってるんですか、冬緒さん」

「そ、そうよ、冬ちゃん」

見初と永遠子に緊張が走る。流石にそれはないと思いたいが、不安はますます膨れ上がっていく。

あの老婆なら、やりかねない。翡翠の間に座敷童たちの着物だけが残されているのを想像して、見初は背筋を凍らせた。

結局見初と永遠子は、再びあの旅館へ泊まりに行くことにした。

荷物を用意して寮から出て行こうとすると、白玉が見初の足にしがみついて来る。

「一緒に連れて行けなくてごめんね、白玉。でも何が起こるか分からないから……」

「ぷぅ、ぷぅぅ！」

首をブンブンと横に振って、何かを訴えている。見初が首を傾げていると、側を通りかかった風来《ふうらい》が説明した。

「見初姐さんが泊まりに行くと、冬緒がすんごい寂しがっちゃってるんだ。その日の夜は、白玉様にずーっとくっついてんだよね」

「そ、そうだったんだ……」

「寝る時も白玉様に頬擦りしてくるから、もううんざりだって、ぷんぷんなんだ」

確かに見初が旅館から帰って来ると、白玉はいつも険しい顔をしている。

「だったら風来も、冬緒さんの相手をしてあげてよ」

「面倒臭いから嫌だよぉ～。あ、お土産に温泉まんじゅう買って来て！」

そう言い残して、ぽてぽてと去って行く風来。

「し、白玉には後で、シャインマスカット買って来てあげる！　とっても甘くて美味しいんだよ～！」

「……ぷぅ」

「ほんとにごめん、白玉！　今夜で最後にするから！」

ジト目の白玉に、ひたすら謝る見初だった。

◆　◆　◆

「いらっしゃいませ、櫻葉さん。今夜も翡翠の間でございますね」

いつものように、女将がにこやかに見初と永遠子を出迎える。

「では、お部屋にご案内いたします」

「あ、もう部屋の場所覚えちゃったので、私たちだけで大丈夫です」

四回目なので、部屋への道順は頭に入っていた。仲居の案内を断って、二人だけで翡翠の間へ向かう。座敷童たちのことが心配で、無意識に小走りになっていた。

そして部屋の前に辿り着くと、見初は深呼吸してから襖をゆっくりと開けた。

「はっ、人間が来たでおじゃる！」

「早く消すでおじゃる！」

「もう遅いでおじゃ……あっ、見初様と永遠子様!?」

慌てふためく座敷童たち。彼らは煎餅《せんべい》を齧りながら、テレビを観ていた。

「い、生きてた……！」

変わりない様子に胸を撫で下ろす見初だったが、いるのは三人だけで、月子がいない。

まさか一人だけ逃げ遅れて、清乃に……

「何だい。またやって来たのかい」

背後からの声に見初が振り向くと、呆れたような表情の清乃が立っていた。ぐうすかと眠る月子を背負いながら。

「き、清乃さん。どうしたんですか、それ」

見初は月子を指差しながら尋ねた。

「外で遊んでる途中に寝ちまったんだよ。おら、起きなっ」

「おじゃっ？」

清乃が体を大きく揺らすと、月子はビクッと痙攣《けいれん》して目を覚ました。

「おんぶしてくれて、ありがとうでおじゃる！」

「いいから、とっとと降りな。重いんだよ」

清乃は月子を降ろすと、自分の肩を揉みながら床に座った。そこに座敷童たちがわらわらと群がる。

「きよバァの肩を叩くでおじゃる～」

「いやいや、我が叩くでおじゃる」

「きよバァの肩は渡さんでおじゃる！」

久しぶりに見たチーム花鳥風月は、何故か清乃に懐いていた。目の前の光景に、見初と永遠子は目をぱちくりさせる。

「リーダー……かんざし探しはどうなったんですか？」

「我ら、きよバァと共存していくことにしたでおじゃる。だから、かんざしを探す必要がなくなったでおじゃるよ」

清乃の肩を叩きながら花子が答えた。鳥子と風子も大きく頷いている。月子はまだ眠いようで、清乃の膝の上で微睡《まどろ》んでいた。

前はあんなに怖がっていたのに、どんな心境の変化だろうか。見初が呆然と佇んでいると、清乃はむっとした表情で口を開いた。

「言っとくけど、こいつらが勝手にくっついてくるだけだよ。あたしは何とも思ってないからね」

突っぱねるような言い方だが、心なしか以前よりも雰囲気が柔らかくなっている。この様子なら、今後も上手くやっていけるのでは。見初はほっと息をついた。

「とりあえず、これで一安心で……ん？」

ふと清乃へと視線を向け、彼女の異変に気付く。

「清乃さん、その手……！」

清乃の両手が透けているのだ。しかも以前見た時に比べて透け具合が増していた。

座敷童たちも清乃の手を見て、ぎょっと跳び跳ねる。

「き、きよバァの手が消えそうになってるでおじゃるー！」

「手だけじゃないよ。あたしはもう少しで消えちまうんだ」

消えかかっている自分の両手を見下ろしながら、清乃がぼそりと言う。

「消えるってどういうことでおじゃるか⁉」

「慰霊祭《いれいさい》が近付いてるのさ」

「おじゃ……？」

困惑の表情を浮かべる座敷童たち。

清乃は、おもむろに天井を仰ぎながら語り始めた。

「あたしはね、昔遊女だったんだよ」

騒がしかった室内が、水を打ったように静まり返る。

「ろくでもない仕事だったねぇ。心と体がボロボロになっても働かされる。身請けされて出られるのはごく一部で、殆どの遊女は若くして死んでいったよ」

「きよバァは誰かに身請けされたでおじゃるか？」

「そんな物好きはいなかったさ」

「じゃあ、どうしてババァでおじゃるか？」

「たまたま運良く生き延びちまっただけだ。年季が明けた後は、遣《や》り手《て》婆になって遊女や禿《かむろ》をしつけてたよ」

凪《な》いだ海のように穏やかな口調で、清乃は続ける。

「慰霊祭は、そんな遊女たちの魂を供養するために毎年執《と》り行われるんだ。あたしは長い間、それに抗ってきたけど……そろそろ限界のようだ。今回で成仏するだろうね」

清乃がこの世に留まろうとした理由。見初には、心当たりが一つだけあった。

「……清乃さんは、ずっとかんざしを探し続けていたんですか？」

「ああ。客だった男からもらったものだよ」

見初の問いかけに、清乃はそう答える。

「別に、今もそいつを引きずってるわけじゃないよ。……ただ、どうしてかねぇ。消える前に取り戻したいと思ったんだよ」

「そ、そんなこととは知らずに、かんざし探しをやめちゃってごめんでおじゃる！」

目を潤ませながら花子が頭を下げると、清乃は眉を顰めた。

「どうせあんたらでも無理だと思ってたよ。気にしてないさ」

「きよバァ……」

その言葉に清乃の気遣いを感じ、座敷童たちは啜り泣き始めた。

「清乃さんのかんざし……どこにあるんだろ」

見初は顎に手を当てながら考え込んでいた。清乃や座敷童たちがいくら探しても、見つからないとなると……

「みなさん、ちょっと待っててください」

「見初ちゃん、かんざしの在りかが分かったの？」

部屋から出て行こうとする見初に、永遠子が尋ねる。

「いえ。千夏さんに聞いてみるんです」

女将の娘である彼女なら、何か知っているかもしれない。

◆　◆　◆

「かんざしですか？」

「はい。ここのご主人が質屋で買ったものらしいんですけど……」

見初がそう尋ねると、千夏は「うーん」と少し考えた後で、

「……もしかしたら、あれのことかな。ちょっと母に聞いてみます」

「ありがとうございます」

「それでは、少しお待ちください」

その場から離れる千夏。数分後戻って来た彼女は、見初を女将の自室まで案内した。

「どうぞ、お入りください」

「失礼します……」

千夏に促されて部屋に入ると、正座をした女将が待っていた。細長い木箱を手にしなが

ら。

「時町《ときまち》さんがお探しなのは、恐らくこちらだと思います」

女将が木箱を見初へと差し出す。

「あの……中身を見せていただいてもよろしいでしょうか？」

「はい。ですが、これはもう……」

女将は表情を曇らせながら、木箱の蓋をゆっくりと開けた。そこに入っていたのは青い玉飾りのついた銀色のかんざしだった。部屋の灯りを反射して、白い光を放っている。

「あ……」

かんざしを見た見初は、小さく声を漏らした。軸の部分が、真ん中の辺りでぽっきりと折れてしまっているのだ。

「ずいぶん前にうっかり落としてしまって、その時に折れたんです。普段は、箪笥《たんす》の奥深くにしまっています」

だから清乃も座敷童たちも、見付けることが出来なかったのだろう。

「主人が質屋で買って来たものでした。それまでの持ち主たちはこれを大切に保管して、一度もつけていなかったそうです。だから状態がよくて、高値で売られていたと主人が話していました」

懐かしむような声音で女将は語る。

「これを見る度に、不思議とあの人のことを思い出すんです。ですから今も捨てずに、こうして大切にしているんです……」

女将がかんざしを指でそっとなぞる。見初はその姿を見て、目を伏せた。

このかんざしには、女将と今は亡き主人との思い出が詰まっている。元の持ち主に返したいとは、とても言えなかった。

「…………？」

何やら気配を感じて、見初は部屋の外へと視線を向けた。ここに入った時にしっかりと閉められたはずの襖は、何故かうっすらと開いていた。

見初は翡翠の間に戻ると、待っていた清乃たちにかんざしのことを説明した。

清乃は表情を変えることなく、静かに耳を傾けていたが、やがておもむろに口を開いた。

「そうかい。やっぱりあの女主人が持ってたんだねぇ」

「はい。でも、お借りすることは出来ませんでした……」

見初が沈んだ表情で正直に告げると、清乃はふんと鼻を鳴らした。

「まぁ、そんな話を聞かされちゃあね」

「……すみません、清乃さん」

「そんなの、あんたが謝ることじゃゃ――」

「わ、我らがかんざしを取ってくるでおじゃる！」

清乃の言葉を遮《さえぎ》ったのは花子だった。他の座敷童も潤んだ瞳で清乃を見据えている。

「きよバァはもうじき消えてしまうでおじゃる！」

「だから、その前に最後の願いを叶えてあげたいでおじゃる！」

「どこにしまってあるのかは、さっき見たでおじゃる！」

見初が女将の部屋で感じた気配の正体は、彼らだったらしい。こっそり室内を覗いていたのだろう。

「皆の衆、行くでおじゃるー！」

花子の号令に合わせて、座敷童たちが部屋から出ていこうとする。

「やめな、ガキどもっ！」

四人を制止したのは清乃だった。

「もう壊れちまったものなんかに、用はないよ」

「だけど、きよバァずっと探していたでおじゃろう!?」

「ああ、そうさ。でもね、新しい持ち主が今も大事に持ち続けているって分かって……あたしはそれだけで十分なんだよ」

清乃はおもむろに立ち上がると、座布団の横に腰を下ろした。

そして床に三つ指をついて、深く頭を下げる。

「皆様方。こな、わっちのためにありがとうござりんした」

凛とした声。ゆっくりと顔を上げた清乃は、緩やかに微笑んでいた。

その優雅な動作に見初たちが目を奪われていると、老婆の体が急激に透け始める。

「きよバァ⁉」

座敷童たちが、血相を変えて清乃へと駆け寄る。

「……そういえば慰霊祭は今日だったねぇ。すっかり忘れてたよ」

思い出したように呟く声は、消え入りそうなくらい弱々しい。けれど、その顔は満足げだった。

「嫌でおじゃる！　きよバァが消えるなんて嫌でおじゃる……っ！」

座敷童たちが泣きじゃくりながら、清乃に抱きつこうとする。しかし四人の体は清乃をすり抜け、「おじゃっ」と互いにぶつかり合って尻餅をついてしまった。

「ま、待つでおじゃる……！」

「行かないで欲しいでおじゃる～！」

「……元気でやっていくんだよ、ガキども」

清乃はもう殆ど見えなくなってしまった手を伸ばし、座敷童たちの頭を一人一人撫でた。

そして見初と永遠子に目を向ける。

「あんたたちにも、ずいぶんと世話をかけちまったね」

「そんなことないですよ、清乃さん……！」

見初が声を震わせながら首を横に振ると、清乃はまるで眠るようにそっと瞼を閉じる。

「それでは皆様、さらばでありんす……」

そして音もなく、消え去ったのだった。

あまりにも突然の別れに、チーム花鳥風月は声を張り上げて泣き始めた。

「き、きよバァーっ！」

「おじゃぁぁぁぁ〜っ！」

「消えちゃったでおじゃる〜！」

「もっと一緒にいたかったでおじゃるよ！」

翡翠の間に響き渡る、悲痛な泣き声。見初と永遠子も、すんすんと洟を啜る。

……それから数分後、座敷童たちは一人また一人と泣き止んでいった。

静寂に包まれる室内。何とも形容しがたい空気が流れる中、花子が口を開く。

「そんじゃ……仕事の準備をするでおじゃるか」

リーダーの言葉に、「それもそうでおじゃるな」と三人がちょこちょこと動き始める。

彼らが流した涙は、既に乾いていた。

「みなさん、立ち直るの早くないですか？」

見初が真顔で、花子に尋ねる。

「だっていつまでも泣いてたって、きよバァは帰って来ないでおじゃる」

「そりゃ、そうですけど」

「むしろ帰って来ないほうがいいかもでおじゃる……」

さらっと、とんでもない発言をしたのは月子だった。他の三人も賛同するように、首を縦に振る。

「一理あるでおじゃる。これでもう、きよバァに怒られんで済むでおじゃる」

「きよバァのせいで、我らはクビの危機だったでおじゃるからな」

「あのバァさんがいなくなったおかげで、また翡翠の間にお客様が泊まるようになるでおじゃる」

まさにいいこと尽くめだと、四人は盛り上がっていた。

「見初様、永遠子様、ありがとうでおじゃる。これで我らも、平穏な暮らしを取り戻せたでおじゃる」

そして唖然《あぜん》としている見初と永遠子に向かって、ペコリとお辞儀をする。

「……そうね。これでもう、あなたたちも怯えて暮らさなくていいものね」

手を頬に当てながら永遠子が言う。その視線は、明後日の方向を向いていた。

「よ、よかったですね、みなさん！」

見初もパチパチと拍手しながら、チーム花鳥風月を祝福する。

清乃が消えたことを、もはや誰も悲しんでいなかった。それどころか全員で円陣を組んで、あれこれと語り始める。

「清乃さんの化粧すごかったわねぇ……」

「ババァのくせに、やけに足が速くて怖かったでおじゃる」

「私なんて、みなさんが清乃さんに食べられちゃったと思いましたよ」

「座敷童の格好も、あんまり似合ってなかったでおじゃる」

言いたい放題である。満面の笑みを浮かべた彼らは、自分たちへと忍び寄る存在に気付いていなかった。


「似合ってなくて悪かったねぇ……」


地を這うような低い声が廊下から聞こえた途端、見初たちの顔から表情が消えた。

今のはまさか……。ぎ、ぎ、ぎ、とブリキ人形のように、首をぎこちなく動かす。

すると襖がスパーンッと開き、座敷童の格好をした老婆が部屋に入ってきた。

「ひぃっ！　きよバァが地獄から戻ってきたでおじゃる！」

「あたしゃ地獄なんざ行ってないよ！」

清乃は鬼のような形相で、恐怖に震える座敷童たちを睨みつけた。

「清乃さん、何で帰ってきちゃったんですか⁉」

部屋の隅に退避しながら見初が尋ねると、清乃の眉間に皺が寄る。

「供養する人数が多すぎるってことでね。今回は若い遊女の魂だけが対象になって、あたしは追い返されちまったんだよ」

「そ、そんな……いつでおじゃるか？　きよバァに順番が回ってくるのは、いつでおじゃるか⁉」

「百年後だとさ」

「一世紀も先でおじゃるか⁉」

衝撃の事実に、座敷童たちの顔が絶望に染まっていく。そして彼らは、縋《すが》るような眼差しを見初へと向けた。

こちらを見られても困ります。見初が戸惑っていると、永遠子に腕を力強く掴まれた。

「見初ちゃん、逃げるわよ！」

「はいっ‼」

見初は即答すると、荷物の入った鞄を手に取った。

「見初様、永遠子様⁉　まさかまた我らを見捨てるでおじゃるか⁉」

「ごめんなさい、明日も仕事が早いのよ！」

「我らも連れて行って欲しいでおじゃる！」

「百年もあれば、清乃さんとも多分仲良くなれますよ！」

「おじゃあぁぁぁ――っ！」

こうして座敷童たちの制止を振り切り、見初と永遠子は旅館から逃げ出した。

その後、チーム花鳥風月ｗｉｔｈきよバァがどうなったのかは、誰も知らない。

第二話　雪の花火

昨日の夜から、羽毛のような雪が延々と降り続けている。おかげで辺り一面、銀世界だ。人間も妖怪も寒い寒いと身を震わせて、外を出歩こうともしない。

ただ一人を除いては。

「神様……」

まだ年端《としは》も行かぬ少女だった。いつも粗末な着物を着ていて、無造作に束ねた髪は、空《から》風《かぜ》になびいている。

「神様、お願いします。どうか、どうか……」

少女は拝殿の前に握り飯を置くと、手を合わせて祈り始めた。小さな体は寒さでカタカタと震えていて、その指先は真っ赤に染まっている。

馬鹿な人間だと、溜め息をつく。どれだけ願っても、それを叶えてくれる神などいないというのに。

◆　◆　◆

今年もやって来た、ホテル櫻葉《さくらば》で一番のイベントである神在月《かみありづき》パーティー。見初《みそめ》を始めとする従業員たちは、その準備で追われていた。

「えーと、なになに？　お好み焼きの材料に、綿あめのザラメ。それと……」

見初が読み上げているのは、神たちから渡された注文書だ。自分たちで屋台を出したり、見世物を披露したいとのことで、それに必要な材料や道具を挙げてもらったのだ。

「マッサージチェア。キャビア。ダイヤモンドの指輪。スポーツカー……」

「……それって自分たちが欲しい物を挙げてるだけじゃないのか？」

冬緒《ふゆお》が呆れ気味に指摘する。

「他にも百万円が欲しいっていうのもありますよ」

「屋台を出す気も、見世物をする気もないな……」

「高いところからお金をばら撒いて、みんなに拾わせる芸をするそうです」

「そんな芸させちゃダメだろ！」

冬緒は百万円と書いてある横に、赤ペンで小さく×マークを描いた。他にも、明らかに私欲丸出しの注文は却下させていただくことにした。

「よし……こんなもんだろ」

「今年も豪華なパーティーになりそうですね」

「パーティーっていうよりは、祭だけどな」

後は当日までに、会場作りを頑張るだけだ。鼻息を荒くして意気込む見初だったが、ふと首を傾げる。

「どうした、見初？」

「うーん、祭……」

見初は腕を組んで唸り始めた。

「祭にしては何かが足りないんですよね」

「足りないって、屋台の数が？」

「そういうのじゃなくて、もっとこう……祭の目玉！　っていうのがないような気がします」

ううん、と考え込む見初。

たくさんの屋台と、たくさんのお客様。それから……

「あーっ、分かった！」

「な、何がだよ」

突然大声を上げた見初に、冬緒はビクッと肩を震わせる。

「祭と言えば花火ですよ、花火！」

冬緒にずいっと顔を近付けて、見初は興奮気味に語った。

屋台で買った食べ物を食べながら、夜空で鮮やかに咲き誇る花火を観る。これぞ、祭の醍醐味《だいごみ》というものだ。

「……この季節に花火か？」

キラキラと目を輝かせる見初に、ぼそっと冬緒が言う。彼の言う通り、今は間違いなく秋真っ只中《ただなか》だった。

白けるような一言に、見初は通ぶった表情で人差し指を左右に振る。

「分かってませんね、冬緒さん。季節外れな花火もまた乙なものなんですよ」

「それはまあそうだけど、どうやって用意するんだ？　まさか花火職人を手配するわけにもいかないだろうし」

「こうなったら、私たちが手作りで打ち上げ花火を……」

「それはやめたほうがいい」

冬緒は、即座に無謀なことを言い出そうとする見初を止めた。火薬の取り扱いをミスして、自分たちが空に打ち上がることになる。

「花火を作れる神様とか妖怪に頼めばいいんじゃないか？　そういうのが得意なのが、多分一人や二人はいるだろ」

「なるほど……」

「それに普通の人間には、見えない花火だって作れるはずだ。それなら、何もない日に打ち上げても、怪しまれないだろうし」

冬緒の助言を受けた見初は、早速彼らに協力を仰ぐことにした。

パーティー会場となる裏山へ向かうと、数人の神たちが集まって話し合いをしていた。

その中には常連客である雨神《あめがみ》の姿もある。

「みなさーん、今お時間いいですか？」

「おお、鈴娘か」

見初が声をかけると、雨神がくるりと振り向いた。

「祭のことで、ちょっとご相談したいことがあるんです」

「構わんよ。なあ、皆の者」

雨神の言葉に、他の神も笑顔で頷く。見初は「ありがとうございます」と一礼してから、話し始めた。

「今度の神在月パーティーで、打ち上げ花火が欲しいなって思ってるんです。それで、花火を作れる神様か妖怪を探しているんです、けど……」

途端、その場が静まり返り、見初は目を瞬《またた》かせた。変なことを言ってしまっただろうか。

気まずさを感じていると、彼らは複雑そうな表情で口を開いた。

「花火か……」

「花火なぁ……」

「ん？　それなら一人いい奴がいるじゃないか」

その中で一人だけが、思い出したように声を上げた。

「本当ですか？」

「ああ。弥太郎《やたろう》という妖怪がいるんだがな。そいつが作る花火は人間顔負けの……」

「奴の名前を出すな！」

「いでっ！」

詳しく語ろうとしたところで、隣にいた者に拳骨《げんこつ》で頭を叩かれて悲鳴を上げる。

「いきなり何をするんだ！」

「馬鹿！　あいつが何をしたのか忘れたのか⁉」

「あ、そうだった……」

そして再び訪れる静寂。「何、何？」と見初がキョロキョロしていると、それまでずっと口を閉ざしていた雨神が沈黙を破った。

「のう……ワシは別に、花火なんて必要ないと思うんじゃが」

「……そうだな。そんなもんがなくても、十分楽しめる」

「私はあの無駄に大きな音が苦手だから、むしろないほうが助かるな」

雨神の言葉に、他の神々も賛同する。

「というわけじゃ、鈴娘。花火はいらんぞぃ」

「……分かりました」

あまりこの話題に触れて欲しくないのだろう。見初は深く問い質そうとはせず、素直に頷いたのだった。

◆◆◆

「弥太郎さん？　うーん、聞いたことがないわね」

見初から話を聞いた永遠子《とわこ》は、宿泊カードの整頓をしながらそう答えた。

「そうですか……」

見初は溜め息をつく。実は別の神たちにも弥太郎について尋ねたのだが、皆神妙な面持ちで「知らない」と答えるだけだった。永遠子なら、何か知っているかもしれないと思ったのだが。

「その弥太郎って妖怪、何か問題を起こして周囲から避けられてるんじゃないのか？」

固い表情の冬緒が言う。

「そうね。何か事情があるのかも」

「……見初、花火は諦めよう」

「はい……」

冬緒に肩を優しく叩かれ、見初はがっくりと肩を落とした。花火があればもっと盛り上がるだろうと考えていたのだが、これでは仕方ない。

「でも花火見たかったなぁ……」

「げ、元気出して見初ちゃん」

「来年、みんなで花火を観に行こう。な？」

しょぼんとする見初を、どうにか慰めようとする永遠子と冬緒。

「見初様……」

彼らの様子を少し離れた場所から眺めているのは、柚枝《ゆえ》だった。


「花火が作れる妖怪？　うーん、聞いたことないなぁ……」

「力になれなくて、申し訳ありませんぞ」

ホテルの裏口でゴミ集めをしていた狸と狐は、済まなそうに首を横に振った。

「い、いいえ。風来《ふうらい》様と雷訪《らいほう》様は何も悪くありません」

柚枝は慌てて二匹に言った。けれど、その後で無言で俯いてしまう。風来は、そんな柚枝に「柚っちゃん、何かあったの？」と問いかけた。

「それが……」

柚枝は俯いたまま、先ほどフロントで見聞きしたことを語った。ふんふんと相槌《あいづち》を打ちながら、話を聞く風来と雷訪。

「……そんなわけで、花火を作ってくださる方を探していたんです」

柚枝がそう締めくくると、風来がこんな提案をした。

「ねぇ、柚っちゃん。だったらオイラたちで、その弥太郎って奴を捜しに行こうよ」

「捜しに……ですか？」

「うん！　そんで、弥太郎に花火作りを頼むんだ」

「私たちのお願いなんて、聞いてくれるでしょうか……」

柚枝は表情を曇らせた。神たちから避けられているであろう妖怪に会いに行くなんて、正直不安だ。

だが風来は自信満々に話を続けた。

「オイラと雷訪がそいつを説得するんだ！」

「ちょ、風来！　何勝手に決めているのですか！」

どんどん話を進めて行く相棒に、雷訪がぎょっと声を上げる。

「何言ってんだよ、雷訪。見初姐《ねえ》さんのために、ここはオイラたちが一皮剥がなきゃ」

「それを言うなら一肌脱ぐ、ですぞ。……ですが、風来の言う通りですな。柚枝様、わたくしと風来にお任せください」

「風来様、雷訪様……ありがとうございます」

柚枝は二匹に深くお辞儀をした。

「よーし、それじゃあ弥太郎捜しを始めるぞーっ！」

風来が前脚を高く上げながら叫ぶと、柚枝も「お、おー」と控えめに拳を突き上げる。

そんな中、訝《いぶか》しげに首を傾げる雷訪。

「ですが……どうやって弥太郎殿を捜すつもりですかな？」

その問いかけに、風来の動きがぴしりと固まる。そして焦ったような表情で、

「ど、どうしよう……」

「お馬鹿風来！」

何も考えていなかった風来に、雷訪の鋭いツッコミが炸裂した。

「まったく……そんなことだろうと思っておりましたぞ」

雷訪は溜め息をつきながら、柚枝に向き直った。

「柚枝様、わたくしの相方が馬鹿ですみません……」

「ムキャーッ！」

風来、怒りの叫び。

「だったら、雷訪には何かいい考えあんの⁉」

「と、当然ですぞ！」

風来の剣幕に圧されるように、雷訪は答えた。それから、遠くにある山をビシッと指差した。

「や、弥太郎殿は恐らくあの山にいますぞっ！」

「え⁉　何で⁉」

「あの山は他よりも標高が高いです。試作品の花火を打ち上げるには、ちょうどいい場所のはずですぞ。……恐らく」

雷訪は、最後に自信なさげに呟いた。それが聞こえていなかった風来は、パチパチと手を叩いた。

「おぉ～っ！　さっすが雷訪！」

「そ、それではレッツゴーですぞ～！」

「あっ、雷訪ー！」

「先に行かないでくださいー！」

いち早く駆け出した雷訪を追いかける、風来と柚枝だった。

それから数時間後。

「いくら捜しても見つからないじゃないかーっ！　雷訪の嘘つき！」

「絶対にここにいるなんて、わたくしは一言も言ってませんぞ！」

山中で揉める狸と狐。

「お、落ち着いてください、二匹とも」

何とか宥めようとする柚枝だが、二匹はなおもバチバチと火花を散らし続ける。

「雷訪なんかを頼ったオイラが馬鹿だったやい！　柚っちゃん、次はあっちの山行こう！

あそこは美味しい木の実が採れるから、弥太郎もいると思う！」

「は、はい」

「いーえっ、柚枝様！　もう少しこの山を捜してみましょう！　もしかしたら、もう少し奥に棲んでいるかもしれません！」

「あわわわわ……！」

板挟みの状態となり、ぐるぐると目を回す柚枝。

「わ、私はいったいどうすれば……」

「ん？　テメェら、ホテル櫻葉の奴らか？」

上の方から声をかけられて、柚枝たちが頭上を仰ぐと、黒い翼を生やした天狗が木の枝に座っていた。

確か、ホテルの常連客で見初たちとも懇意にしている男だ。柚枝は丁寧にお辞儀をした。

「緋菊《あかぎく》様ですよね？　こんにちは」

「おう。こんなところで何ウロウロしてるんだ？」

「オイラたち、弥太郎って妖怪を捜してるんだ」

「弥太郎〜？」

緋菊は怪訝《けげん》そうな顔をして、首を大きく横に振った。

「あいつはこの山にはいねぇよ」

「や、やはりそうですか……」

緋菊の言葉に、雷訪は小さく項垂《うなだ》れた。

「よし、それじゃあ次の山に行こう！」

風来が柚枝の手を取り、そのまま連れて行こうとする。それを「待て待て」と、緋菊が呼び止めた。

そして木の枝から降りると、懐から取り出した紙と筆で何やら描き始める。

「弥太郎がいるところの地図を描いてやるよ」

「えっ、ほんと？」

「感謝しますぞ、緋菊様」

嬉しそうな風来と雷訪に、緋菊は柚枝を一瞥《いちべつ》しながら口を開いた。

「そこのチビが、テメェらに振り回されるのが可哀想だからな」

「わ、私が風来様と雷訪様を巻き込んだんです」

柚枝がおずおずと言うと、緋菊は二匹にジト目を向けた。

「鈴娘とか冬緒に声をかけりゃよかっただろ。何でこんな獣どもを頼っちまったんだか」

「「ムキャーッ！」」

憤《いきどお》る二匹を無視して、緋菊は「おらよ」と柚枝に地図を渡した。

「ありがとうございます、緋菊様！」

「礼なんていらねぇよ。何しにあの偏屈親父のところに行くかは知らねぇが、まあ頑張れ」

緋菊はそう言い残すと、翼を広げてどこかへと飛び去って行った。どんどんと小さくなっていくその姿に向かって、柚枝は深々と頭を下げたのだった。

◆◆◆

「ドンドン、花火だ、花火だドーン。祭はいいなぁ〜、楽しいなぁ〜。綿あめ、かき氷、たこ焼き食べ放題〜」

風来の歌を聞きながら、緋菊の地図に描かれている山を登って行く柚枝たち。弥太郎はこの山の奥で、ひっそりと暮らしているらしい。

目的地に向かって歩みを進めるが、一同には気がかりなことがあった。

「緋菊様が弥太郎殿のことを、偏屈親父と言っていましたなぁ」

「うーん……だ、大丈夫だよ。会ってみたら、意外といい人かもしれないじゃん！」

「そうだといいのですが……ややっ、あれが弥太郎殿の小屋ですかな？」

古びた掘っ立て小屋が、柚枝たちの数メートル先でひっそりと佇んでいた。板葺《いたぶ》きの屋根は剥がれかかっており、今にも崩れ落ちそうな様相を呈している。

とても誰かが住んでいるようには見えない。

「……弥太郎様、本当にここにいらっしゃるんでしょうか？」

柚枝は不安を隠せない様子で、ぽつりと言った。

「とりあえず、呼んでみよっか……」

風来は小屋に近付くと、玄関の戸をトントンと叩いた。

「ごめんくださーい、弥太郎さんいますかー？」

そう呼びかけてみるが、反応はなかった。

「外出中のようですぞ」

「ん〜？　ちょっと待って」

風来は引き戸に耳をぺたりとくっつけた。すると小屋の中から、シャッ、シャッという音が聞こえて来る。

「……中に誰かいるみたい。ごめんくださーい！」

先ほどよりも大きな声で呼んでみるが、やはり反応はない。

「どうやら、居留守を使っているようですな」

「え〜！　せっかくここまで来たのに……よし、覗いちゃおう」

「そうですな。音を立てないように、そぉ〜っとそぉ〜っと……」

小声で話しながら、取っ手に前脚をかける二匹。柚枝はその後ろでハラハラしていた。

「そ、そんなことをしちゃダメですよ！」

「ちょっとだけ！　ちょっと覗くだけだから」

引き戸をゆっくりと慎重に開きながら、中を覗き込む。小屋の中は薄暗く、シャッ、シャッという音以外は何も聞こえない。

よく見ると緑青《ろくしょう》色の甚平を着た男が、こちらに背を向けて黙々と手を動かしている。

「……何してんのかなぁ」

「シッ、風来、声が大きいですぞ。気付かれたらどうするのです……！」

……音が止んだ。二匹が慌ててお互いの口を前脚で塞ぐ中、男がゆらりと立ち上がり、振り向いた。

その手には、水に濡れた包丁が握られていた。どうやら包丁を研いでいたらしい。

「おお。美味そうな狸と狐じゃねぇか」

男はそう言いながら、風来と雷訪へとゆっくり近付いて来る。

「ギャヒーッ!!」

その場にへたり込み、ガクガクと震える獣たち。

すると、後方から駆け寄って二匹を守るように両手を広げ、柚枝が男の前に立ちはだかった。

「か、勝手に中を覗いて申し訳ありませんでした！　でも、風来様と雷訪様を食べるのはやめてくださいっ！」

「……っ！」

柚枝の姿を見た途端、男はハッと息を呑んだ。

「どうしてオメェが……こんなところに……」

「え？」

男の言葉に柚枝がキョトンとしていると、半泣きの風来と雷訪が抱き着いてきた。

「うえ～ん、柚っちゃーん！」

「ありがとうございます、柚枝様～！」

男はその光景を呆《ほう》けたように眺めていたが、我に返ってぶつぶつと呟き始めた。

「……あいつなわけねぇか。髪なんか適当に結わえて、こんなに綺麗じゃなかったし、こんな上等な着物じゃなかった……」

「あの、あなたは弥太郎様ですか？」

柚枝が恐る恐る尋ねると、男は「ああ」と頷いた。

「何の用だ、チビども」

弥太郎に鋭く睨みつけられ、柚枝たちの体がビクッと震える。

風来と雷訪は頷き合うと、弥太郎にぺこぺこと頭を下げた。

「わ、わたくしたち、弥太郎殿に花火を作って欲しいのです」

「ドパーンッて派手なのをお願い！　じゃなくて、お願いします！」

「断る」

弥太郎は少しの間も置かずに、素っ気なく告げた。

「俺には、もう花火なんざ作れねぇんだよ。だからとっとと、帰ってくれ」

「え？　つ、作れないってどういうこと⁉」

「お待ちくだされ、弥太郎殿！」

奥へと戻ろうとする弥太郎を、風来と雷訪がどうにか引き留めようとするが、

「……これ以上しつこくすると、全員まとめて鍋にしちまうぞ」

弥太郎はそう言いながら、包丁を構えた。

「ギャーッ‼」

二匹は全身の毛を逆立てながら、その場から逃げ出した。

「あ、あのっ、失礼しましたっ！」

そう言い残して、柚枝も慌ただしく走り去っていく。

弥太郎はその後ろ姿が見えなくなるまで眺めて、見えなくなった後も、そのまま佇んでいた。

「やっぱりダメでしたね……」

山をとぼとぼと下りながら、柚枝は落胆の溜め息をつく。

「あ、あんなおっちゃんに頼るんじゃなかった！」

「我々を食べようとするなんて、なんと恐ろしい男！」

一方風来と雷訪は、いまだに体をガタガタと震わせている。そんな獣たちの頭を「よしよし」と撫でながら、柚枝は元来た道をくるりと振り向いた。

「……だけど、少し寂しそうな人でしたね」

「そうでしたかな？　とりあえず、あの男に花火を頼むのは諦めましょう」

「そうだね〜。もう花火は作れないって言ってたし」

二匹が頭上を見上げると、空はオレンジ色に染まりつつあった。もうすぐ夜がやって来る。

「早く帰らないと、晩ご飯の時間になっちゃう！」

「急ぎますぞ、柚枝様！」

雷訪に促されて、柚枝は「はい！」と小走りで山道を駆け下りていく。けれどその合間、何度も後ろを振り返ったのだった。

◆　◆　◆

それから二日後。柚枝は数輪の花を持って、山を歩いていた。

そして弥太郎の小屋に辿り着くと、小さく深呼吸してから戸を数回叩いた。

「弥太郎様、いらっしゃいますか？」

相変わらず返事はない。どこかへ行っているのだろうか。あるいは、また居留守を使っているだけなのかもしれない。

「…………」

柚枝は少し考えてから玄関の前に花をそっと置くと、一礼して去っていった。

それから暫《しばら》くして、戸がゆっくりと開く。

「あの小娘……」

弥太郎は長く息をつくと、残された花をじっと見下ろした。

数日後。柚枝は花を携えて、再び小屋の前に立っていた。

今日は声をかけずに花だけを置いて帰ろうとすると、「おい」と中から声をかけられた。

「菓子ぐらいなら出してやるから入れ」

「え……」

「嫌なら帰れ」

「そ、そんなことありません！」

そう言い返して、「お邪魔します……」と恐る恐る小屋の中へと足を踏み入れる。

外観は荒れ放題で劣化が激しいが、中は意外と小綺麗に片付いていた。棚には壺がずらりと並んでいて、微かに火薬の匂いが漂っている。

花火の材料だろうか。柚枝が壺を眺めていると、弥太郎が押し入れから座布団を取り出しながら言う。

「その辺にある火薬は湿って、もう使えねぇよ。……よし、ここに座れ」

「はい……」

柚枝が座布団に座ったタイミングで、弥太郎が「食え」と小さな包み紙を差し出す。

柚枝がそれを開くと、中には色とりどりの金平糖が入っていた。

「あ、ありがとうございます」

ペコリと頭を下げて顔を上げると、黒い壺に活けてある花を見付けた。それは数日前に、柚枝が持って来た花だった。

「あの花……飾ってくださったんですね」

「……捨てるわけにはいかねぇからな」

その声はどこか優しい。

柚枝が金平糖を一粒食べてみれば、その優しい甘さに思わず頬が緩んだ。すぐに噛んでしまうのがもったいなくて口の中で転がしていると、弥太郎は静かに問いかけてきた。

「なぁ……どうして俺なんかに構うんだ？」

その問いに、柚枝は手のひらの金平糖に視線を下ろしながら答える。

「こないだお会いした時に、何だか寂しい目をしていたので……」

そこまで言ってから、柚枝は手で口元を押さえた。

「ご、ごめんなさい。勝手にお花を持って来て、逆にご迷惑でしたよね？　でも私、花ぐらいしか持って来られなくて……」

「別に構わねぇよ」

返ってきた言葉にほっと安堵《あんど》しながら、金平糖を食べ進めていく。

ふと小屋の中を見回すと、花火を打ち上げる際に使う大きな筒が目に留まった。

弥太郎が花火作りをやめたのは何故なのか。その話に触れてはいけない気がして、柚枝はいまだに隅に置いてある筒を、ただじっと見詰めていた。

そろそろ、ホテルに戻らなければならない。柚枝は座布団から立ち上がり、弥太郎に礼を述べた。

「金平糖ありがとうございました。とっても美味しかったです」

「そうかよ」

弥太郎が胡坐《あぐら》に頬杖をつき、無愛想な声で相槌を打つ。そんな彼に、柚枝は恐る恐る尋ねてみた。

「あの……またこちらに来てもいいでしょうか？」

弥太郎は無言で柚枝を見据えた後、ふいっと視線を逸らしながら答えた。

「勝手にしろ」

その言葉に、柚枝の顔がぱぁぁっと明るくなる。

「……はい！　それでは失礼します、弥太郎様！」

柚枝は小屋の外に出ると、中にいる弥太郎に一礼してから帰って行った。

小さな客人が去ったことで訪れる静寂。弥太郎は座布団を片付けようと、おもむろに立ち上がった。しかし柚枝の言葉を思い出して、ピタリと動きを止める。

「寂しい目、かぁ……」

弥太郎は、隅で埃を被っている筒に視線を向けた。

瞼《まぶた》を閉じれば、遠い記憶が蘇る。

ひゅぅぅと口笛のような音を上げながら、雲一つない澄んだ夜空へと駆け上っていく花火玉。

そして短い炸裂音とともに咲き誇る、鮮やかな光の花。

『お～っ！　すげぇっ！』

『やっぱり弥太郎の花火は最高だなぁ！』

『いいぞ、もっと打ち上げろー！』

夜空を覆い尽くす色とりどりの花火を見上げ、歓声を上げる妖怪たち。

花火作りは、決して楽ではない。手間がかかるし、火薬の量を誤れば大事故にも繋がる。なのに苦労して打ち上げた花火は、ほんの一瞬で消えてしまう。

そんな儚《はかな》さが好きだった。だからこそ、夜空に花を咲かせ続けていたのだ。

あの夜までは。

「……別に、寂しかねぇさ」

今はもう使わなくなった火薬の壺を見回しながら、弥太郎は掠《かす》れた声で呟くのだった。

◆◆◆

それからというもの、柚枝は弥太郎の下へ足繁《あししげ》く通うようになった。

弥太郎も相変わらず素っ気ないものの、柚枝を追い返そうとはせず、金平糖やあられなどを用意していることもある。

柚枝が持って来た花を飾っていた黒い壺は、いつの間にか青いガラスの花瓶に替わっていた。

そのことについて弥太郎は何も言おうとしない。けれど彼の優しさが感じられて、柚枝の心はぽかぽかと温かくなった。

そんなある日のこと。柚枝はふんふんと鼻歌を歌いながら、通い慣れた山道を歩いていた。花と一緒に、菜の花色の巾着袋を持って。

「また、あの親父に会いに行くのか？」

どこからか聞こえた声に、「え？」と辺りをキョロキョロと見回す柚枝。

すると目の前に、常連客の天狗が軽やかに降り立った。

「こ、こんにちは、緋菊様」

柚枝は背筋をピンと伸ばして、お辞儀をする。

「おう。弥太郎とずいぶんと仲良くなったみてぇだな」

「弥太郎様、お菓子や花瓶を用意してくださる優しい方なんです」

「そいつぁ、よかった」

嬉しそうな様子の柚枝に笑みを浮かべて、緋菊は言葉を続けた。

「なぁ。よかったら、あいつに一つ伝言を頼まれちゃくれねぇか？」

「伝言……ですか？」

目をぱちくりさせる柚枝に、緋菊は「おう」と相槌を打って語り始めた。

「弥太郎は昔、花火師だったんだよ。奴の花火はそりゃもう綺麗で、私も毎年観るのを楽しみにしてたもんだ」

火薬の入った壺や打ち上げ用の筒。弥太郎の小屋で見たものが、柚枝の脳裏に蘇る。

「大晦日の夜に打ち上げた、あの牡丹《ぼたん》花火は特に見事だったと、奴に伝えといてくれ。また観てみたいってな」

「分かりました。お伝えしておきます！」

冬の夜空に打ち上がった花火。その光景を思い浮かべながら、柚枝は頷いた。

「ありがとよ。じゃあな、チビ助」

手を上げながら礼を言って、颯爽と飛び立っていく緋菊。柚枝は空を見上げた後、再び歩き出したのだった。


柚枝は戸をトントンと軽く叩き、「お邪魔します」と一言告げて引き戸を開けた。すると「また来やがったのか」と零しながら、弥太郎は押し入れから座布団を取り出した。

「新しいお花を持って来たので、飾っておきますね」

柚枝はいそいそと花を花瓶に活けながら、緋菊との会話を思い返す。

「そういえばさっき、弥太郎様のことを知ってる天狗さんから伝言を預かったんです」

「……伝言だと？」

弥太郎が怪訝そうに眉を寄せる。

「はい。大晦日に打ち上げた牡丹の花火を、また観てみたいとおっしゃっていました」

途端、弥太郎が目を大きく見開いたが、花を飾っていた柚枝はそのことに気付かずに言葉を続ける。

「あの、私も弥太郎様の花火を見てみた……」

「オメェには関係ねぇ」

低い声が、柚枝の言葉を遮《さえぎ》る。

柚枝がハッと振り返ると、弥太郎は険しい表情でこちらを睨みつけていた。

「弥太郎様……？」

「俺にはもう花火は作れねぇって、前に言っただろうがよ」

「あ、あの、私……」

「帰れ」

言い淀む柚枝に、弥太郎が冷ややかな声で言い放つ。

「待ってください、弥太郎様……！」

「帰れっつってんだろうがっ！　もう二度とここには来るんじゃねぇ！」

小屋の中に響き渡る弥太郎の怒号。柚枝の体がビクッと大きく震え、怯えた様子で玄関まで後退りしていく。

「ご、ごめんなさい！」

柚枝は声を震わせながらそう謝ると、慌ただしく小屋を飛び出して行った。

弥太郎は息を荒らげて立ち尽くしていたが、暫くしてから開かれたままの引き戸を静かに閉めた。

奥に戻ると、花瓶の側に置かれた菜の花色の巾着袋に気付く。

「こりゃあ、あいつの……」

小さく呟きながら、弥太郎は巾着袋を手に取った。中からはガサガサと何かが擦れるような音がする。

慌てて出て行ったので、忘れてしまったのだろう。それをぼんやり見詰めていると、

「あんなガキ相手に、みっともねぇ」

背後からの咎《とが》めるような声に振り向くと、呆れた表情の天狗が胡坐をかいて床に座っていた。

いつからそこにいたのかと、弥太郎は眉を顰《ひそ》める。

「……小娘が言ってた天狗ってのは、オメェだったのか」

「チビ助に花火のことを話したのは私だ。責めるなら、私を責めろ」

諭すような物言いに、弥太郎はぐっと拳を握った。

「どうして、そんな余計なことをしやがった……⁉」

絞り出すような声で問い詰めると、緋菊は少し間を置いてからふて腐れたように答えた。

「あいつの言うことなら、テメェも素直に聞いてくれると思ったんだよ」

「うるせぇ！　もう俺は花火なんざ、作らねぇって決めたんだ！」

弥太郎が叫びながら、何かを振り払うような仕草をすると、緋菊は頬杖をつきながら目

を細めた。

「弥太郎よぉ……まだ引き摺ってんのか？」

その問いかけに、弥太郎はぐっと息を詰まらせる。そして苦い表情で、緋菊から視線を逸らした。

「……そんなんじゃねぇよ」

「どうだかな」

膝頭に手を置きながら、緋菊が腰を上げる。

「あのチビは、私がよく泊まりに行く宿屋の従業員でな。今度泣かせたら、承知しねぇぞ」

緋菊は鋭い口調で告げると、引き戸を開けて去って行く。ピシャンッと戸を閉める音が、やけに大きく響いた。

「…………」

弥太郎は残された巾着袋の紐を緩めて、中を覗いてみる。

すると中には、透明な袋に包まれた煎餅《せんべい》が入っていた。

恐らく弥太郎のために、持って来たのだろう。柚枝の怯えた表情を思い出し、罪悪感で胸が痛んだ。

そして脳裏に蘇る、昔の出来事。

『神様、お願いします。どうか、お助けください……』

いつものように神社の拝殿を訪れ、寒さで体を震わせながら拝み続ける少女。

少女が帰った直後、弥太郎は拝殿に小さくて赤い独楽《こま》が落ちているのを見付けた。

どうせ明日もやって来るのだから、その辺に置いておこうかとも思ったが、他の誰かに持って行かれるかもしれない。

それに独楽を失くしたことに気付いたら、きっと悲しむだろう。

弥太郎は独楽を拾うと、急いで少女を追いかけた。

『ただいま、おっかぁ』

少女が入って行ったのは、茅葺《かやぶ》きの古びた長屋だった。

少しだけ外の障子を開けて、中の様子をこっそり窺ってみると、母親らしき女と少女が会話をしていた。

『今日も神社に行ってたのかい？』

『うん。この子が早く治るようにってお願いしたの』

少女はそう言いながら、平べったい布団で眠る幼児の頭をそっと撫でる。

幼児は病に罹っているようで、げっそりと頬がこけてしまい、まるで枯れ木のようだ。

あれでは、そう長くはもたないだろう。

ぼんやりと眺めていた弥太郎はふと我に返り、独楽を障子の隙間から中に投げ入れた。

床に落ちた音に気付いた少女が、「あっ！」と独楽へと駆け寄っていく。

その隙に弥太郎は、逃げるようにそこから離れて行った。

◆　◆　◆

「はぁっ、はぁっ……！」

柚枝は息を切らしながら、山を駆け下りていた。その目には涙が浮かんでいて、今にも零れ落ちようとしている。

そして前方を横切る白い着物を着た老人と、思い切りぶつかってしまった。

「きゃっ！」

「おおぅ、何じゃぁ⁉」

雨神は突然のことに目を白黒させつつ、地面に尻餅をついた柚枝へ手を差し伸べた。

「すまん、大丈夫かのぅ。……ってそなた、ホテル櫻葉で働いとる娘っ子じゃな」

「あ、雨神様……！　すみませんでした！」

立ち上がって深々と頭を下げる柚枝に雨神は朗らかに笑いかける。

「まあまあ。そなたに怪我がなくて何よりじゃ」

「あ……」

雨神の笑顔と優しい言葉に気が緩み、柚枝は堰《せき》を切ったように泣き出す。

「うっ、うぅっ、うわぁぁん……っ！」

「どうしたんじゃ？　やっぱりどこか痛むか？」

雨神は柚枝に優しく問いかけながら、背中をポンポンと叩く。そして、近くにある腰掛け石へと連れて行った。


二人並んでちょこんと石に腰掛けて、雨神は懐からアルミホイルの包みを取り出す。ホイルを剥がすと、中には焼き芋が入っていた。

それをぱかっと二つに割り、少し大きい方を柚枝に差し出した。

「ほれ、ワシと柚枝ちゃんで半分こじゃ」

柚枝は泣き腫らした顔で、コクンと頷いて芋を受け取る。まだほんのりと温かく、赤茶色の皮を丁寧に剥いていけば、鮮やかな山吹色が姿を見せた。

「……いただきます」

小さな声でそう言ってから、カプッとかじりつく。

芋はねっとりとした食感で、濃厚な甘みが口いっぱいに広がった。その美味しさに、柚枝は目を輝かせながら無心で食べ進めていく。

「うむうむ。これはいい芋じゃ」

雨神も満足げな表情で、よく味わうようにゆっくりと食べる。

そして二人とも食べ終えた後で、雨神は「気分は落ち着いたかのぅ？」と柚枝に尋ねた。

「ご迷惑をおかけして、申し訳ありませんでした……」

柚枝は気まずそうに頭を下げながら、雨神に謝った。あんな風にわんわんと泣いてしまって、恥ずかしくもあり、情けなくもあった。

「……何があったのか、聞かせてくれんかのぅ」

ゆったりとした口調で促されて、柚枝はぽつりぽつりと話し始めた。

弥太郎という妖怪と親しくなったこと。

緋菊から牡丹花火の話を聞いたこと。

その話題に触れた途端、弥太郎が急に怒り出したこと。

「でも、どうして弥太郎様を怒らせてしまったのか分からなくて……」

弥太郎があんな剣幕で怒鳴ってきたのは初めてで、頭の中が真っ白になってしまい、言われるがままに小屋を飛び出してしまった。

すんすんと洟を啜《すす》りながら、柚枝は弱々しく俯いた。

「そうじゃったか……弥太郎が……」

話を聞き終えた雨神が、顔を悲しげに曇らせる。

「怖がらせてしまってすまんのぅ。……けれど、あいつのことを嫌いにならんで欲しい」

申し出にコクコクと首を縦に振る柚枝を見て、雨神は「ありがとう、柚枝ちゃん」と穏やかな声音で言った。

そして、雲一つない青空を仰ぎ見ながら語り出す。

「……もうずいぶんと昔のこと。当時弥太郎は、とある神社の近くに棲んでおってな。その神社には、一人の幼い少女が毎日のように拝みに来ていたんじゃ。……妹の病を治して欲しいと」

少女の家は貧しく、医者に診せることも薬を買うことも出来なかった。それどころか、その日食べていくだけでやっとの生活だ。

なのに少女は、握り飯や干し柿など僅かな食料を持ち出して供え続けていた。雨の日も、雪の日も。

「病気が治った妹と、来年の花火が観たい……少女はそう言いながら、両手を合わせていたそうじゃ。弥太郎は、その様子をずっと見守り続けておった」

だが少女の願いは、叶わなかった。

「妹の病状が悪化したのは、寒さも一段と厳しくなった年末じゃった。もって数日程度……そのことを知った弥太郎は、大晦日の夜に花火を打ち上げたのじゃ」

「それが、緋菊様の仰っていた牡丹花火なのですね……」

「うむ……」

瞼を閉じて、その時の情景を思い返す雨神。

「澄んだ夜空に突然真っ赤な花が咲いたんじゃ。そしてその後、パンッと短い音が響き渡ってのぅ……」

雨神はゆっくり瞼を開くと、柚枝の顔をじっと見据えた。

「神や妖怪は、人間に深く干渉してはならぬ。そのことはそなたも理解しておるな?」

「あ……はい」

「弥太郎は普段花火を打ち上げる際、人間には見えないように術を施していたのじゃ。けれどその時だけは、術を使わんかった。じゃから、大勢の人間にも見られてしまってな」

「そんな……弥太郎様は何も悪くありません！　だって……」

柚枝がふるふると首を横に振ると、雨神は「そうじゃ」と頷いた。

「禁忌を犯した弥太郎を責める者は誰もおらんかった。じゃが奴は、それ以来花火作りをやめてしまったんじゃよ。弥太郎はきっと、そなたとその少女を重ねて……」

そこで雨神は目を丸くして、言葉を止めた。

柚枝が嗚咽《おえつ》を漏らしながら、両目から大粒の雫を流していたのだ。

「ひっく、うっ、や、弥太郎様もっ、その子たちもっ……か、かわいそう、です……っ！」

誰も悪くないのに、どうして辛い思いをしなければならないのだろう。どうして幸せになれないのだろう。

着物の袖で涙を拭いながらわんわんと泣いていると、雨神は柚枝の頭を緩やかに撫で始める。

「よしよし。そなたは優しくて、ええ子じゃ。ええ子じゃ……」

それでも柚枝は、溢れ出る涙を抑えることが出来なかった。

◆　◆　◆

それから何日かがすぎて、とうとう神在月パーティーの夜を迎えたのだった。

「うわぁぁ～！　やっぱり今年もみんな楽しんでますね！」

「ぷぅ～！」

夜の闇を照らす紅白の提灯《ちょうちん》。ずらりと立ち並ぶ屋台。

裏山の会場にやって来た見初と白玉は、その光景に心を弾ませていた。

一緒についてきた冬緒も、「おお……」と感嘆の声を漏らしている。

「相変わらず気合入ってるなぁ……」

「よーし。今夜はいっぱい食べますよ、冬緒さん！」

白玉を抱っこしながら、片腕を突き上げて宣言する見初。こちらも気合十分な恋人に、冬緒は小さく吹き出した。

「そうだな……このために夕飯を抜いて来たんだし」

神々に交じって、見初たちも屋台巡りを始める。まずはお腹が空いているので、お好み焼きと焼きそばを買った。

お好み焼きは、クレープ状の薄い生地の上にキャベツやもやし、豚肉などの具材を重ね焼きにして麺を加える広島風。

焼きそばはエビやイカ、ホタテがたっぷり入ったシーフード風で、赤や黄色のパプリカが彩りを与えていた。

「う〜ん。屋台の食べ物って、何だかいつもより美味しく感じる……」

見初が至福の表情でお好み焼きを頬張っていると、少し離れたところに立つ金魚すくいの看板が目に留まった。

気になって見に行ってみると、朱色の金魚たちがビニールプールの中で泳ぎ回っている。

「おぉ〜、鈴娘たちか。そなたらもどうじゃ？」

ビニールプールの傍らで椅子に座っている雨神が、見初と冬緒にポイを差し出す。それを受け取ろうとする見初だったが、「待て」と冬緒が止める。

「うちにはもう兎も狸も狐もいるだろ。そんなにペットを飼っちゃいけません」

「あ、そうですね。雨神様。すみませんが、ご遠慮させていただきます」

見初がそう断ると、雨神は「確かに大変そうじゃなぁ」と白玉の耳をつついた。そしてキョロキョロと辺りを見回す。

「今夜は柚枝ちゃんは来ていないのかのぅ？」

「はい。最近何だか元気がないみたいで……」

見初は表情を曇らせた。少し前までは嬉しそうにどこかへ遊びに行っていたのに、それもやめてしまったのである。


その頃、柚枝は寮の廊下を箒《ほうき》で掃いていた。風来と雷訪から会場に行かないかと誘われたが、何だか気分が落ち込んでしまい、楽しむ気持ちになれなかったのだ。

弥太郎は今頃、どうしているのだろうか。柚枝がぎゅ、と箒の柄を握り締めていると、玄関から物音がした。

誰かがやって来たのだろうか。様子を見に行くと、そこにはしかめ面の男が立っていた。

「弥太郎……様？」

目を瞬かせる柚枝に、弥太郎は少し間を置いてから菜の花色の巾着袋を差し出す。あの時、小屋に忘れてしまったものだ。

恐る恐る手に取ると、紅色の紙が巾着の口からいくつかはみ出していることに気付いた。袋を大きく開いてみると、中にはほっそりとした手持ち花火がたくさん詰まっている。

「や、弥太郎様、これは……！」

柚枝が驚いて目を見張っていると、弥太郎は表情を変えないまま口を開く。

「線香花火だ。今の俺にはこれしか作れなかった」

「でも、どうして……」

弥太郎のことを、あんなに怒らせてしまったのに……

「あん時は、癇癪《かんしゃく》を起こしちまって済まなかった。花火はその詫びのつもりだ」

「あ……ありがとうございますっ」

柚枝は大切そうに、巾着袋を抱き締めた。

すると弥太郎は「それから」と、言葉を続ける。

「部屋に飾ってた花が枯れちまったんだ。だからよ……新しい花を届けに来てくれや」

「はい……分かりました！」

その答えを聞いて、弥太郎は僅かに口元を緩めた。そして踵《きびす》を返して、夜の中へと去って行く。

男の後ろ姿に向かって、柚枝は深く頭を下げたのだった。

毎日神社を訪れていた少女が、その日はやって来なかった。

何か用事でもあったのだろうと思い込もうとしたが、何故か嫌な予感がした。

少女の住む長屋に様子を見に行けば、中から聞こえて来る泣き叫ぶ声。

障子を開けて室内を覗き込むと、少女が母親に縋《すが》りついて泣いている。

『早くお医者さんに診てもらおう！　このままじゃ、おっとうみたいに死んじゃうよぉ！』

母親は何も言わずに、少女を力強く抱き締めた。溢れる涙が零れ落ちて、少女の髪を濡らす。

布団の中では、幼子が浅い呼吸を繰り返しながら、虚《うつ》ろな目で天井を見上げている。その命は、もうすぐ尽きるのだろうか。

弥太郎はふらふらと後退りすると、奥歯をギリッと噛み締めて駆け出した。

あいつらに何をしてやれるっていうんだ。

人の命なんて救えやしない。

今の俺が出来ることなんて、こんなことしか思いつかない。

走って走って棲み処に戻ると、急いで完成させた花火を抱えて、人里に下りていった。

そして何の迷いもなく、術をかけずに赤牡丹を夜空に咲かせた。

『おぉっ！　すげぇっ！』

『空を見てみな、花火だよ！』

『綺麗ねぇ……』

『大晦日の夜に、いいもんが見られたよ』

突然打ち上がった花火に驚きつつも、喜ぶ人々。

禁忌を破ったことを咎める神、妖怪はいなかった。

そして次の日から、あの少女が神社にやって来ることはなくなった。

本当にこれでよかったのか？

全てが終わった後、弥太郎は自分にそう問いかけた。

あんな状態で花火など打ち上げても、意味なんてなかったじゃないか。

ごめんな。もっと早く、打ち上げてやればよかった。

夜空に咲いた花火は一瞬で消えて、妹は亡くなり、後悔の念だけが残された。

「線香花火なんて、いいもんを作るじゃねぇか」

その声に、弥太郎は過去の記憶から引き戻される。目の前には、いつの間にか緋菊の姿があった。

「あのチビ助にも、ちゃんと謝れたみてぇだな」

「オメェには関係ねぇよ」

そっけない口調で返しながら、緋菊の横を通り過ぎる。

「弥太郎、またテメェの打ち上げ花火を観せてくれよ」

緋菊が腕を組んで呼び止めると、弥太郎はピタリと足を止めた。

それから数秒ほど経ってから、

「……気が向いたらな」

そう告げると、「ふん」と鼻を鳴らして再び歩き始める。後ろから「素直じゃないねぇ」とからかうような声が聞こえたが、振り向くことはなかった。

「けどなぁ……あれ以上の花火を打ち上げることは出来ねぇよ」

弥太郎は穏やかな表情で夜空を見上げながら、そう呟いた。

◆　◆　◆

神在月パーティーも間もなく終わりを迎えようとしていた。

「お腹いっぱいですね……もう食べられません」

屋台の料理を食べ歩いていた見初も流石に満腹になって、食後のお汁粉を飲んでいた。

一方冬緒は、お汁粉を飲む余裕もなく、緑茶で喉を潤している。

「あれだけ食べたのに、よくそんなもの飲めるな……」

「まあ甘いものは別腹って言いますし……ってあれ？」

パタパタと会場に駆け込んで来た柚枝を見付け、見初は目を丸くする。

「はぁ……はぁ……」

柚枝は乱れた呼吸を整えると、抱き抱えていた巾着袋を両手で高く上げながら声を張り上げた。

「み、皆様ーっ！　線香花火を持って来ましたっ！」

途端、会場中の視線が「何だ何だ」と柚枝に集まる。注目の的となり、柚枝は緊張で顔を強張らせながらも続ける。

「弥太郎様が作ってくださったんです！　ですから、皆様で花火をしませんか⁉」

弥太郎。その名前が出ると、会場は一瞬で静まり返った。

「え、えっと……あの……」

柚枝が巾着袋を上げたまま固まっていると、誰かが「一本もらうぞぃ」と中から線香花火を引き抜いた。

「弥太郎が久しぶりに作った花火じゃ。楽しむとしようかのぅ」

雨神は、どこか懐かしそうに微笑んでいた。

するとその様子を見た他の神たちも、「私ももらいましょう」、「俺にも一本くれ」と柚枝の下に集まる。

「見初様と冬緒様もどうぞ」

「……俺たちもいいのか？」

花火を手渡された冬緒が不思議そうに尋ねると、柚枝は「はい。たくさんありますので」と笑顔で答えた。

「ありがとうございます、柚枝様！」

嬉しそうにお礼を言う見初。しかし見初の腕の中で、白玉は自分の耳をペタンと押さえながら震えていた。

「ぷぅ～……」

どうやら花火の大きな音を警戒しているようだ。見初は安心させるように、白玉の頭を撫でて言う。

「大丈夫だよ、白玉。これは静かな花火なんだよ」

「ぷ……？」

白玉がきょとんと首を傾げる。

その間にも、会場の提灯は殆ど消されて、辺りは薄暗くなっていた。

神々はしゃがみ込むと、線香花火に火をつけた。

小さな丸い玉がぷっくりと膨らみ、バチバチと爆《は》ぜる音を立てながら飛び散る火花。激しかったそれは次第に勢いを失い、まるで柳の枝のように下へと落ちていく。

「…………」

誰も口を開こうとせず、皆その様子を静かに見詰める。会場には火花の散る音だけが響いていた。

そして力尽きたかのように、花火の玉はぽとりと地面に落ちて、夜の闇に消えた。

第三話　かみなりごろごろ

「今年も寒くなってきたなぁ……」

ぽつりと呟きながら、一匹の河童《かっぱ》が暗い夜道をてくてくと歩く。

手に提げているビニール袋には、ホテル櫻葉《さくらば》のレストランでもらった胡瓜《きゅうり》の浅漬けが入っている。あっさりとした味付けで、柚子の風味がほんのり香る一品だ。

子育てを頑張っている妻と、可愛い子供もきっと喜ぶだろう。そう心を躍らせつつ公園を通りかかると、何やら声が聞こえて来た。

「んん？」

人間は既に寝静まっている時間だ。妖怪が騒いでいるのかと、河童は立ち止まって中の様子を窺う。

すると何者かが、激しく体を動かしていた。

「フゥゥッ！　ハァァァッ！」

夜の寒さを吹き飛ばすかの如き、気合の入った叫び。園内の外灯に照らされたその姿を、河童は暫《しば》し眺めていた。

そして何事もなかったかのように、再び歩き出す。

「何か……変なものを見ちゃったなぁ」

公園からはまだ「ヌゥウンッ！　セェエエイッ！」と声がするが、それに構うことなく河童は帰路を急ぐ。

「……そういえば」

河童はぼんやりと夜空を見上げながら、手の平を前に出す。

近頃、雨が降っていないような気がする。

◆◆◆

『週末も全国各地で晴れの模様です。皆さん、冬の到来前にお出かけを楽しんでくださいね～！』

天気担当のアナウンサーがにこやかに手を振ったところで、県内ニュースに映像が切り替わる。

「う～ん」

「ぷぅ～」

自分の部屋で朝のニュースを見ていた見初《みそめ》と白玉《しらたま》は、訝《いぶか》しげに唸り声を上げた。

「最近全然雨降らなくなっちゃったね」

「ぷぅぷぅ」

見初の言葉に、白玉がこくこくと頷く。

ここ数週間ほど、ずっと快晴が続いていて、最後に雨が降ったのがいつなのかさえ覚えていない。

見初も当初は、晴れの日が多くて喜んでいた。だが物事には限度がある。

雨が降らなかったら降らなかったで、様々な問題が発生してくるものだ。

近頃の天気に不安を感じているのは見初だけではないようで、その日の夕食でもその話題が挙がった。

「妖怪のお客様たちが、干ばつが起きるんじゃないかって心配してたわ」

焼き魚の骨を箸で取り除きながら、永遠子《とわこ》が憂鬱《ゆううつ》そうな表情で言う。

「皆さんは普段自然の中で暮らしてるから、私たち以上に危機感覚えますよね……」

「それで、すぐにでも雨を降らせてもらおうって、雨神《あめがみ》様を捜してるそうよ」

「なるほど～……」

木の杖を持って雨を降らせる雨神の姿が、見初の脳裏に浮かんだ。

「あれ？　そういえば雨神様、最近ホテルに泊まりに来ませんね」

「そうね。どうしちゃったのかしら……」

ふぅ、と小さく溜め息をつく見初と永遠子。

すると静かに味噌汁を啜《すす》っていた冬緒《ふゆお》が口を開いた。

「雷神《らいじん》だったら、何か知ってるかもしれないな」

「え？　どうして雷神様が？」

きょとんと目を丸くする見初に、冬緒は天井を指差す。

「雷って、大気が不安定な時に発生するだろ？　これから大雨が降る予兆として、雷が鳴る時もあるんだよ。まあ、いつもってわけじゃないけどさ」

「そういえば、そうですね……」

けれどその雷神も、少し前からぱったり来なくなってしまった。

「皆さん、どこに行ってるんですかね」

見初が頬杖をつきながら溜め息をついていると、冬緒が何やら険しい顔で壁時計をチラチラと見ている。

「どうしたんですか、冬緒さん」

「……風来《ふうらい》と雷訪《らいほう》、もうこんな時間なのにまだ帰って来ていないんだよ」

「あ、ほんとだ！」

ホール内をキョロキョロ見回しても、二匹がいないことに気付いて見初はハッとした。

「それが今日だけじゃないのよ」

永遠子がこめかみに指を当てながら言う。

「最近、仕事が終わるとさっさとどこかに出かけて、夕飯の時間になっても帰って来ないの」

「いや。帰りが遅いだけなら、まだいいんだけどな」

冬緒は呆れたような口調で、ある事実を告げる。

「あの二匹、金使いも荒くなってるんだ」

「……と、言いますと？」

「今月ピンチだからって、俺に金を貸してくれって言って来たんだよ。給料もらったばかりなのに……」

げんなりとした様子で言って、胡瓜の浅漬けをポリ……ポリ……と咀嚼《そしゃく》する冬緒。

その話を聞いて、見初は「あっ！」と声を上げた。

「そっか！　だからあの時……」

「何かあったのか？」

「この間、風来と雷訪が私の部屋にこっそり忍び込んで、白玉のおやつボックスを漁ってたんです」

「はぁ⁉」

冬緒がぎょっと目を見開く。

「何だかひもじそうにしてたんで、クッキーを恵んであげたんですけど……」

「あ、あいつら……白玉の餌にまで手を出してたのか」

風来と雷訪の悪行に、冬緒は頬を引き攣《つ》らせた。

「何にお金を使ってるんでしょうかね……もしやカツアゲされてる？」

見初は、リーゼントの不良たちに囲まれている獣たちを想像する。

「楽しそうに出かけてるし、単に夜遊びで散財してるんじゃないのか？」

「……何はともあれ、本人たちから詳しい話を聞いてみましょう」

永遠子の提案に頷く見初と冬緒。

そして風来と雷訪が寮に帰って来たのは、夜の八時半頃だった。

「ふぅー、今日も頑張ったね雷訪！」

「そうですな。わたくし、もうくたくたですぞ！」

「今夜もご飯まだ残ってるかなぁ～？」

お腹を空かせた彼らは、すぐさまホールへと向かった。

「おかえり。今夜も遅かったね」

するとそこには、見初と永遠子が仁王立ちで待ち構えていた。二匹は「ヒィッ！」と体を震わせる。

「た、ただいま～……」

「風来ちゃん、雷訪ちゃん。今までどこに行ってたの？」

優しい声で永遠子が尋ねる。しかし、その目は笑っていない。

「ちょ、ちょっとその辺まで……」

「そ、そうですぞ。やましいことは何もしておりません」

「毎日毎日どこほっつき歩いてるのか、ちゃんと白状しなさい！」

どうにか誤魔化そうとする二匹に、見初は腰に両手を当てて問い詰める。

「み、見初姐《ねえ》さんたちには関係ないやい！　オイラと雷訪は修行で忙しいんだっ！」

「その通り！　あそこは上下関係が厳しくて、とても過酷な世界なのですっ！」

地団駄を踏んで声を荒らげながら、風来と雷訪はピューッとホールから逃げ出してしまった。

「あっ、待てコラーっ！」

追いかけようとする見初だが、永遠子が「もういいわ」と肩を掴んで止める。

「あの様子だと、いくら聞いても無駄だと思う」

「……ですねぇ」

あの二匹、いったいどこで何をしているのやら。

翌日、見初から昨夜の出来事を聞いた冬緒は、眉間に皺を寄せた。

「じゃあ、その修行で金を使ってるってことか？」

「多分そうだと思います」

早いうちに、手を打たなければ……

見初が肩を竦《すく》めていると、頭に皿を載せた緑色の妖怪がフロントへとやって来た。その手には白いビニール袋。

「こんにちは、河童さん！」

「こんにちは、鈴娘。こないだもらった胡瓜の浅漬け、すごく美味しかったなぁ」

河童は嬉しそうに感想を述べると、「今日はお願いがあるんだ」と続けた。

「透明な水筒をいっぱい欲しい」

「透明な……水筒？」

「こういう形をしてて、白い蓋がついてるやつ」

手でジェスチャーする河童に、見初はピンと閃いた。

「ああー、ペットボトルのことですね」

河童は首を縦に振って、その用途を説明した。

「日照りに備えて、ぺっとぼとるに水を貯めておくんだ。私たち河童は頭の水が乾いたら、あっという間にミイラになってしまうからなぁ」

「河童さん……」

「あ、これ浅漬けのお礼で持って来たんだ。山で見付けた赤くて綺麗なキノコだぁ」

河童にビニール袋を差し出されて、見初は「ありがとうございます」と受け取った。

　中を見てみると、カエンタケがぎっしり詰まっている。

「河童さん、これ毒キノコですよ」

「そうかぁ。危ない危ない」

　頭の後ろを掻《か》いて笑う河童からは、危機感があまり伝わって来ない。

「危ないと言えば……この前、変なのを見かけたなぁ」

「……変なの？」

　見初は怪訝《けげん》そうに首を傾げた。

「夜の公園で叫びながら踊ってたんだ。頭に変な布巻いてたし、ちょっと怖かったなぁ」

「えぇぇ……」

「もし鈴娘も見かけたら、危険だから近寄らないようにするんだ」

　河童の忠告に、見初は「は、はい」と頷く。のどかな出雲《いずも》の町も、ずいぶんと治安が悪くなってしまった。

「妖怪が酒でも飲んで、騒いでたんじゃないのか？」

　冬緒が呆れ気味に言う。

　しかし河童は、ふるふると首を横に振った。

「多分、妖怪じゃなかったなぁ」

「……じゃあ、人間ってことですか？」

ホテルの掲示板に貼り紙をして、注意喚起したほうがいいのだろうか。

「いんや、人間でもなかった。あの気配は恐らく……」

河童が何かを言おうとしていると、一人の客がホテルに入ってきたので、見初たちは姿勢を正す。

真っ赤なアロハシャツを着て、頭にオレンジ色のバンダナを巻きつけた老人だった。シェイクを飲みながら、こちらへと向かってくる。

見初は一瞬面食らったが、すぐに気持ちを切り替えて老人へにこやかに声をかけた。

「いらっしゃいませ、お客様。ホテル櫻葉にようこそ」

「おぉ～。久しぶりじゃのぅ、鈴娘」

「えっ？」

親しげに声をかけてきた老人に、見初の動きが固まる。

「み、見初ちゃん、このお客様と知り合いなの？」

恐る恐る問いかける永遠子に、見初は「ひ、人違いかと……」とやんわり否定する。

するとは老人はつまらなそうな顔で、自分を指差した。

「みんなして何じゃ～。ワシじゃよ、ワシ。雨神じゃよ！」

「はい⁉」

まさかの正体に、見初は驚愕のあまり、目を大きく見開く。

「ふぉっ、ふぉっ、ふぉっ。イメチェンってやつじゃ」

「変わり過ぎて、神様の威厳的なのが消えちゃってるじゃないですか！」

見初が唖然《あぜん》としていると、河童がスッ……と雨神を指差した。

「こないだ公園で踊ってたの、この神様だなぁ」

それを聞いた途端、見初の顔から表情が消えた。

「ワシのストリートダンスを見ておったのか。恥ずかしいのぅ～」

「…………」

見初は無言で、雨神の頭に巻かれたバンダナを奪い取った。

「ど、どうしたんじゃ、鈴娘？　そんな怖い顔をして……」

「そりゃ怖い顔にもなりますよ！　自分の仕事放り出して、何踊ってるんですかっ！」

憤怒《ふんぬ》の形相で、雨神へと詰め寄る見初。

「ヒッ！　お、落ち着くのじゃ！」

「雨が全然降らなくて、みんな不安に感じているんですよ！　河童さんなんか、ペットボトルに水を貯めようとして……」

見初は、そこでハッと言葉を止めた。

「ゆ、柚枝様《ゆえ》……っ！」

柚枝が心配そうな表情で、物陰からこちらの様子を見守っているのだ。

雨神に懐いている少女の前では、これ以上怒鳴ることは出来ない。

それに他の客の目もあるので、見初は雨神を応接間へと引き摺っていき、そこで詳しく聞き出すことにした。

◆◆◆

見初の気迫に圧倒されて、雨神は溜め息混じりに語り始めた。

「実は少し前に人事異動があって、新しい雷神と組むことになったんじゃ。以前の奴とは上手くやっとったんじゃがのぅ。ほれ、リコーダー片手に変な喋り方をしていた雷神がいたじゃろ？」

「ああ……」

見初は、以前よく泊まりに来ていた雷神を思い返す。変わった性格をしていたが、誰に対しても気さくな神様だった。

「じゃが、今回の雷神五号がろくでもない奴でのぅ～」

「えっ、雷神様ってそういう感じで呼ばれてるんですか？」

見初は小さく挙手して、雨神に尋ねた。

「うむ。型番通りに三号、四号って呼んどるぞぃ」

「ちなみに雨神様は何号なんです？」

「ワシは初号機って呼ばれとる」

「紫色の体してないじゃないですか！」

こんなよぼよぼの初号機では、使徒を倒せないと思う。

「コホン、話を戻すぞぃ。そやつ、シフト通りに雷を鳴らそうとせんのじゃ。しかもワシのところに、一度も挨拶に来んし……」

「そういうのは甘やかさないで、ちゃんと呼び出したほうがいいですよ」

「ワシもそう思ってスマホでメッセージを送ったんじゃが、『ぎっくり腰になったから、暫《しばら》く静養する』と返事が来てのぅ」

嘆息して、お茶請けの煎餅《せんべい》をかじる雨神。

雨神に同情しかけていた見初だったが、ふと疑問を覚える。

「だからって、どうして雨神様まで仕事をサボってるんですか？」

見初がそう問いかけると、二人の間に暫しの沈黙が流れる。

そして雨神は、ふて腐れた顔でぷいっとそっぽを向いた。

「……五号が職務放棄しとるのに、ワシだけ仕事をする気にはなれんのじゃ」

「雨神様は初号機なんだから、逃げちゃダメですよ！」

見初は、拳でテーブルを思い切り叩いた。

「ちゃんと雨を降らせてください！　日本を滅ぼす気ですか⁉」

「ワシだって、そうならないように見極めはしっかりしとるわい！　ヤバくなる前にどうにかするから安心せーいっ！」

普段温厚な雨神が、珍しく語気を強めて反論してくる。

その様子から怒りと不満がひしひしと伝わってきて、見初もついたじろいでしまう。

「そ、そんなことじゃ、みんな安心出来ませんよ……？」

「とにかく五号が真面目に仕事をするまで、ワシも働かんぞ！　ストライキじゃ、ストライキ！」

「うーん……」

雨神の意志は、ダイヤモンドのように固い。ソファーにふんぞり返って宣言する老人に、見初は頭を抱える。

これはもう、件《くだん》の雷神をどうにかするしかないようだ。

「雨神様、五号さんがどこに棲んでるか分かりますか？」

見初は、雨神にぐっと顔を近付けて尋ねた。

「知っとるが……こっちから会いに行くなんて、ワシは嫌じゃ！」

「教えてくださるだけでいいです。私が五号さんを説得しに行きます」

日本の雨不足を解決するため、見初は立ち上がったのだった。

◆　◆　◆

雨神からもらった地図を頼りに、見初はとある森を訪れていた。

そして、ぽっかりと大口を開けた洞窟の前に辿り着く。

「ここが五号さんの棲み処……」

洞窟の内部は真っ暗で、ここからでは奥の様子は見えない。

「何でオイラたちも来なきゃいけないのさー！」

「わたくしたちは関係ありませんぞ！」

見初の足元では、風来と雷訪が不満を口にしていた。今日も仕事が終わってどこかに出かけようとしていたところを、見初に捕まったのである。

「だって二匹とも、暇そうにしてたから……」

「見初姐さん、酷いや！」

「こちらにも予定というものがあるのですぞ！」

ぶうぶう文句を垂れる二匹だが、見初が「後でコンビニでお菓子買ってあげるね」と告げると、ピタッと静かになった。

「それじゃあ、お邪魔しまーす……」

鞄から懐中電灯を取り出し、見初は洞窟へこわごわと足を踏み入れた。二匹も、それに続く。

内部には冷たい空気が流れていて、見初たちの足音だけが響いている。

「見初姐さん、こんなところに神様なんて、本当に棲んでるの……？」

「雨神様のメモによると、ここで間違いないはずなんだけど……」

そう答えつつも首を傾げる見初だったが、前方に何やら光が見えてきた。

奥まで進んでみると、周囲が一気に明るくなった。天井から吊り下げられたシャンデリアが、煌々《こうこう》と光を放っているのである。

さらに冷蔵庫やテレビ、ゲーム機などの電気製品も置いてある。本棚には漫画がずらりと並べられ、カラーボックスはお菓子置き場となっていた。

「……現代的な内装ですな」

小さく呟いた雷訪に、見初と風来が「う、うん」と相槌《あいづち》を打つ。

家主はどこだろうか。見初が辺りを見回していると、天蓋《てんがい》つきのベッドが目に留まった。

ぶくぶくと肥え太った中年男がベッドの上で胡坐《あぐら》をかき、漫画を読みながらポテトチップスを食べている。

「やっぱりポテチは、コンソメ味が一番だぜぇ～」

「…………」

見初は、無言で男からポテトチップスの袋を奪い取った。

「な、何だお前⁉」

「あなたが雷神五号さんですか？」

ぎょっと目を見開く男に、見初が真顔で尋ねる。

「だ、だったら何だよ」

「私たち、雨神様から話を聞いてここに来たんです」

そう説明しながら、先ほど強奪したポテトチップスをパリパリ食べる見初。

「ぎっくり腰になったそうですけど、普通に元気そうですね」

見初に指摘されると、五号は辛そうに顔を歪めながら腰に手を当てた。

「ウッ、腰が！」

「さっきまでピンピンしてたじゃないですか！」

見初の怒号が、洞窟の中に響き渡った。

「こらーっ！　仮病を使うなーっ！」

「あなた、それでも神様なのですか⁉」

勝手にチョコパイを食べていた獣たちも、五号に非難の声を浴びせる。

「い、いやぁ〜、本当にしんどいんだよ。こんなんじゃ、雷なんて鳴らせねぇよ〜……」

「だったら、これでも巻いててください！」

わざとらしく腰を擦る五号に、見初が鞄から白いコルセットを取り出す。

「腰が痛いって言ってる奴に、仕事させせんのか⁉」

五号は、鳩が豆鉄砲を食ったような顔をして、反論する。

「湿布も持って来ましたから、安心してください！　ほら風来と雷訪も、五号さんにコルセット巻くのを手伝って！」

「あいよっ」

「お任せくだされ！」

見初と二匹が、素早くベッドに乗り上げて、五号にコルセットを装着させようとする。

しかし、ここで問題が発生した。

「見初姐さん！　このおっちゃん、デブすぎてコルセット巻けない！」

「これ無理ですぞ！」

「無理じゃないよ！　頑張って！」

悪戦苦闘すること数分。何とかコルセットを巻くことに成功したが、固定していたテープがバリバリッ！　と剥がれてしまった。

「バカ――――ッ‼」

風来に叩かれて、ぶるんと揺れる太鼓腹。

「けっ。コルセットが巻けないんじゃ、仕方ねぇよな」

荒々しく息を乱す見初たちを尻目に、五号はベッドにごろんと横になった。

「でも、このままだと雨神様もやる気を出してくれないんです。どうにかしてもらわないと困ります！」

見初はコルセットを鞄にしまいつつ、責めるような口調で言った。

「そんなことを言われても、腰が痛いとバチも握れねぇぜ」

五号の視線の先には、一張《いっちょう》の和太鼓が置かれていた。鼓面には赤い巴紋《はもん》が入っており、胴の部分には雷のマークが描かれている。そして、その傍らには二本のバチ。

「あの雷鼓《らいこ》を空の上で叩いて、雷を鳴らすんだよ」

「あれが……雷鼓？」

見初は首を傾げながら、雷神が描かれた掛け軸を思い浮かべる。

雷鼓とは、雷神の後ろで浮かんでいる輪状の太鼓のことだったような……

「小さいのをチマチマ作るのは面倒だから、近頃はああいうデカいタイプが主流なんだ。けど、あんなのを叩いたら腰に響くだろうなぁ～。ぎっくり腰が悪化するだろうなぁ～」

「このダメ雷神……」

芝居がかった物言いをする五号に、見初は心の底から呆れていた。

「ん……？」

気がつくと風来と雷訪が、何やらソワソワした様子で雷鼓をじぃ～っと見詰めていた。

「どうしたの、二匹とも」

見初に話しかけられ、風来と雷訪の尻尾がビクッと跳ね上がる。

「え、えーと、でっかい太鼓だなぁ～って見てただけだよ！」

「そ、そうですぞ。ゲームセンターで大人気の太鼓ゲーム、『ドンドコの達人』のことなんて思い出しておりません！」

雷訪の口から出たタイトルに、見初の表情が明るくなる。

「あっ、あのゲーム知ってるの？　私も、高校の頃によく遊んでたなぁ」

「いえ、そんなに詳しくありませんぞ！　難易度が三段階あって隠しモードで最難関の『じごく』が選べるなんて全然知りませんな！」

「オイラたち、そんなの一回もやったことないよ！　ゲームセンターで開催された大会に出たことなんてないし！」

どうにか誤魔化そうとしているが、逆にペラペラと喋りまくっている。

二匹を見る見初の目は、だんだんと冷ややかになっていく。

もしかして、この獣たち……

「……風来と雷訪は、毎日ゲームセンターで修行を頑張って偉いね」

「うん！　ドンドコの達人だけじゃなくて、色んなゲームをやって……ハッ！」

ようやく自分たちの失言に気付いたらしいが、時既に遅し。

あわあわと青ざめる二匹に、見初は深く溜め息をついた。まさかゲームセンター通いにのめり込んで、金欠になっていたとは。

「詳しい話は後で聞くとして……まずは五号さんを何とかしないと！」

五号へ視線を戻すと、仰向けになって漫画を読んでいたので、見初はそれをサッと取り上げた。

「こうなったら台車にでも縛りつけて、無理矢理運び出すしか……」

真剣な表情でぶつぶつと呟く見初。その様子を見ていた五号は、気だるそうに起き上がった。

「分かったよ……やればいいんだろ、やれば～」

「ご、五号さん、本当に仕事してくれるんですか？」

「おうとも。だから今日はもう帰ってくれよ」

訝しそうに問いかける見初に、五号がしっしっと手で追い払う仕草をする。

「うーん……」

腕を組んで暫し考え込む見初だったが、ひとまずこの男を信じてみることにした。

「今度の勤務には必ず出て来てくださいよ。もしまたサボったら、どんな手を使ってでも、この洞窟から引き摺り出しますからね」

「男に二言はないぜ」

自分を親指で差しながら、ニカッと白い歯を見せて笑う五号。

「それじゃあ、どうもお邪魔しました〜……」

多少不安はあるものの、見初はペコリとお辞儀をすると、風来と雷訪を連れて洞窟から去って行った。


その三日後。ダボダボのパーカーを着て、黒い野球帽を被り、サングラスをかけた雨神がホテルにやって来た。

「五号の奴、昨日も雷を鳴らしに来んかったわい」

「やっぱりダメでしたか……」

雨神の報告に、見初はがっくりと肩を落とす。これはやはり、強硬手段に出なければならないようだ。

「私、もう一度五号さんのところに行ってきます！」

見初は荒縄を鞄の中に入れると、ホテルの裏口に向かった。

するとそこには、沈んだ表情で掃き掃除をしている風来と雷訪がいた。ゲームセンターでの散財がバレて、外出禁止令を出されてしまったのである。

「また五号さんに会いに行くから、二匹もついてきてよ」

見初が声をかけると、彼らは互いの顔を見合ってから、はぁぁと深い溜め息をついた。

「オイラ、あんまり気が乗らないよぉ」

「わたくしもです。どうせならゲーセンに連れて行って欲しいですなぁ」

「はいはい。帰りにケーキ買ってあげるから」

そう言いながら二匹を両脇に抱えると、見初は五号が棲む洞窟へと出発した。

だがしかし、洞窟の中に五号の姿はなかった。

「あれれ～？　雷神のおっちゃん、どっかに隠れてんのかな？」

風来が不思議そうにベッドの下を覗き込んでみる。

「ひょっとすると……逃げたのでは？」

この状況をいち早く理解した雷訪が、小さな声で呟く。

「あのメタボ雷神、そんなに働きたくないなんて……！」

やっぱりあの時、五号の言葉を信用すべきではなかった。見初は怒りに震えながら、冷蔵庫から勝手に取り出したジュースをグイっと呷《あお》った。

「どうする、見初姐さん。おっちゃん、帰ってくるまで待ってる？」

「でも、いつになるか分からないし……」

どこに行ってしまったのか、その手がかりさえない。

予想外の事態に、見初が途方に暮れていると、

「まったく、あやつも何をやっとるんじゃか」

パーカー姿の雨神が、ベッドに腰かけていた。

「見初姐さん。このラップやってそうな爺ちゃん、誰？」

「あ、雨神様……」

風来と雷訪から、「えっ⁉」と驚愕の声が上がった。

「何となく、嫌な予感がしたから来てみたんじゃ。まさか逃亡するとは思わんかったわい」

「申し訳ありません、雨神様……！」

説得するどころか、逃げられてしまうとは。

申し訳なさで、見初は深々と頭を下げた。

「いや。くだらん意地を張り続けて、あやつを野放しにしたワシが悪いんじゃよ。じゃがこれは、ちとまずいのぅ」

雨神は眉を顰《ひそ》めて、手で雷鼓を軽く叩いた。

「雷鼓を叩く者がいなければ、雷を鳴らすことが出来んわい」

「ほ、他の雷神様にお願い出来ないんですか？」

「申請が通るのに、三ヶ月ほどかかるんじゃ……」

「おっそ！」

そこまで待っていられない。

他の方法はないかと、見初が頭をフル回転させていると、ぼけっと突っ立っている二匹が目に留まった。

「風来たち、太鼓を叩いてるって言ってなかった？」

「う、うん」

コクリと頷く二匹に、見初がさらに問いかける。

「大会にも出たって言ってたよね？」

「は、はい」

二匹は再び頷く。

「じゃあ、あなたたちのバチ捌《さば》きを見せてよ」

見初がぐいっと顔を近付けて、人差し指をピンと立てた。

「で、ですが……神様の太鼓を勝手に叩くのはまずいのでは……？」

雷訪が慌てて言うと、

「全然オッケーじゃよ」

雨神は両手を上げてマルのポーズを取った。

「よいのですか⁉」

「だって緊急事態じゃもん。よろしく頼むぞぃ」

……まあ、雨神が許可したのだから、大丈夫だろう。

しかしここで、見初に素朴な疑問が浮かんだ。

「だけど、雷鼓って空の上で叩くんですよね？風来も雷訪も飛行タイプじゃないんですけど……」

「それなら、確かこの辺に……お、あったわい」

雨神は雷鼓の端にあった赤いボタンを、「ポチッとな」と押した。

すると雷鼓からもくもくと白い煙が溢れ出して、一分もしないうちに巨大な雲が出来上がった。

「これに乗って空を飛ぶんじゃ」

「うわぁ、フカフカだ〜」

「乗り心地抜群ですな〜」

雲の上で、楽しそうにピョンピョン跳び跳ねる二匹。

すると雲から、「雷雲丸《らいうんまる》、起動イタシマス」と機械的な声が聞こえて来た。自動音声システムも搭載されているらしい。

「ちなみに、こやつは使用時間に制限があってのぅ。それを超えると消えてしまうから、注意するんじゃぞ」

「で、でも、空の上なら大目に見てくれるよね？」

「その昔、時間にだらしのない雷神がおってのぅ。そやつは……いや、今言ったことは忘れるのじゃ」

多くを語ろうとせず、くるりと背中を向けた雨神に、風来と雷訪から笑顔が消える。

「オイラたち、やっぱりやめようかな～……」

「ですな。わたくしたちには荷が重すぎるので……」

「風来、雷訪」

こそこそと洞窟から出て行こうとする二匹だが、見初にがっしりと肩を掴まれる。

「いざとなったら、パラシュートに変身すれば大丈夫だよ！　ファイト！」

こうして風来と雷訪は、雷神の代打を務めることとなった。

◆◆◆

数日後。ホテル櫻葉の屋上では、風来と雷訪が雷鼓とともに雷雲丸に乗り込んでいた。

「……風来ちゃんと雷訪ちゃん、空から落ちたりしないわよね？」

彼らを見送りに来た永遠子が、頬に手を当てながら見初に尋ねる。

「もし途中で雲が消えちゃったら、雨神様が助けてくれることになったんです。だからほら……」

見初は少し呆れた表情で、二匹へ視線を向ける。

「ふふん……ついにこの日がやって来たねっ」

「むふふ……ちょっと緊張するけど、わくわくしますな」

怖がっているどころか、すっかり調子に乗っていた。

「雷雲丸、上昇イタシマス。落下ニ、ゴ注意クダサイ」

そのアナウンスとともに、ふわふわと浮き上がる雷雲丸。

「行ってらっしゃーい！」

ゆっくりと空の彼方へ消えていく雲に向かって、見初と永遠子は大きく手を振り続けた。


「こ、こんなに上がんの⁉」

他の雲と同じ高さまで上昇した雷雲丸に、風来は目を白黒させていた。

出雲の街から遠く離れて、まるで巨大なジオラマを見下ろしているかのようである。

「驚いてる場合ではありませんぞ、風来！　早く雷鼓を叩いて、雷を鳴らすのです！」

雷訪は二本あるバチの片方を、風来に押しつけた。

「う、うん！　だけど、どんな感じに叩けばいいのかなぁ？」

バチを受け取った風来は、コテンと首を傾げる。

「そういえば、大事なことを聞くのを忘れてましたなぁ……」

「とりあえず思い切り叩いてみよう！」

「そうですな！」

二匹は頷き合うと、雷鼓をバチでドコドコと叩き始めた。

その頃見初は、チラチラと外の様子を窺っていた。

「二匹とも上手くやってるかなぁ……」

そう呟いていると、先ほどまで晴れ渡っていた空を、黒雲が覆い始めた。

雲が一瞬青白く光った後、遠くからゴロゴロ……と雷鳴が聞こえた。そして耳をつんざくような音とともに、激しい雨が降り出す。

「雨神も、ちゃんと雨を降らせてくれたみたいだな」

窓ガラスに勢いよく叩きつけられる雨を眺めながら、冬緒が安心したように頬を緩めた。

しかし、ほっとしたのも束の間。

「ん？」

雷鳴がやけにリズミカルなことに気付き、見初はよく耳を澄ませる。

ゴロッゴロッゴロッ。

ゴロッゴロッゴロッ。

ゴロッゴロッゴロッゴロッ、ゴロッゴロッゴロッ。

何故か三三七拍子のリズムになっている。だが異変は、これだけでは終わらない。

雨も、降ったり止んだりを延々と繰り返しているのだ。よく見れば空も、切れかけの電球のようにチカチカと光っている。

「きゃーっ、この天気何かおかしくない⁉」

「異常気象だ、異常気象！」

全身ずぶ濡れで、ホテルに駆け込んで来た男女の宿泊客に、見初は「こちらをどうぞ！」とタオルを手渡した。

その後も奇妙な雷雨は暫く続き、空が少しずつ晴れ間を見せ始めた頃、風来と雷訪がとぼとぼと帰ってきた。

「た、ただいま～……」

「コラッ！　何なの、あのふざけた雷は⁉」

見初は目を吊り上げて、二匹を厳しく問いただした。

「オイラたちにも分かんないよ～！」

「わたくしたちは、ただ雷鼓を叩いていただけですぞ！」

見初の迫力に怯えながら、必死に弁明する二匹。彼らも空の上で、「この音何かおかしくない？」と首を傾げていたらしい。

「いやぁ～、こんなわけの分からん雷は初めてじゃった」

いつもの白装束に戻った雨神が、少し疲れた様子でロビーに入って来た。

「おかげでこっちの調子まで狂って、雨の調節が上手く出来んかったわい」

「そんなぁ～。オイラたち、普通に叩いてたよ⁉」

雨神にひっついた風来が、焦ったように言う。

「うーむ、恐らく雷鼓が誤作動を起こしたんじゃなぁ……」

「ご、誤作動ですか？」

風来を引き剥がしつつ、見初は目をぱちくりさせた。

「あれには雷の加減を自動で調整する機能がついとるから、適当に叩いても、ちゃんと鳴らすことは出来るんじゃよ。じゃが、叩き方があまりにも下手くそだと、雷鼓が混乱してバグってしまうらしいんじゃ」

「えっ。それじゃあ……」

見初が風来と雷訪へそろそろと視線を向けると、二匹は「へ、下手くそっ⁉」とショックを受けていた。

「五号の代わりをやってくれるのは、ありがたいんじゃがのぅ。この調子じゃと、雷があちらこちらに落っこちてしまうかもしれんなぁ」

「…………」

雨神の言葉に、見初は拳をぎゅっと握り締めて、決意を固める。

「風来、雷訪……私と一緒にゲームセンターに行こう！」

「き、気晴らしにですかな？」

「違うよ！　ゲームセンターに行って、ドンドコの達人で太鼓を叩く特訓をするの！」

見初がそう言った途端、二匹はキラキラと目を輝かせた。

「ゲーセンに行っていいの⁉」

「もちろん、行きますぞ～！」

久しぶりのゲームセンターに大喜びの彼らだが、見初は真剣な顔で告げる。

「……これは遊びじゃないんだよ」

その日の夜、見初は早速風来と雷訪を連れて、ゲームセンターに赴《おもむ》いたのだった。

「……何だか大変なことになったな」

見初と一緒にいたいがためについてきた冬緒は、小さく溜め息をつく。

「まあ、このまま放っておくわけにもいかないので……それより、風来と雷訪遅いですね」

店に到着するなり、「人間に変身してくるー！」と、どこかへ走り去った獣たち。

まさかそのまま逃げたのでは。そろそろ捜しに行こうかと考え始めていると、

「見初姐さん、冬緒ー！」

「お待たせしましたぞ～！」

鈴を転がすような可憐な声に呼ばれ、背後を振り向いた見初と冬緒はハッと息を呑む。

セーラー服を着た茶髪の少女と、ブレザーの制服を着た金髪の少女が駆け寄ってきたのである。

「ど、どちら様ですか？」

「やだなぁ。オイラたちだよ」

茶髪の少女が頭の上で、両手をピコピコと動かす。

「え……風来と雷訪っ⁉」

「わたくしたち、ゲームセンターではいつもこの姿に変身しているのですぞ」

金髪の少女もとい雷訪は、指先を口元に添えながらニッコリと微笑んだ。

すると近くにいた客の一人が、風来と雷訪に声をかけてきた。

「風《ふう》ちゃん、雷《らい》ちゃん久しぶり～」

他の客や店員も二匹に挨拶したり、にこやかに手を振っている。

「えへへっ。この見た目だと、みんな話しかけてくれるんだよね」

「何だか気分がいいですぞ」

ちやほやされてご満悦な様子の風来と雷訪。

「そんな理由で女子高生に変身してるなんて……」

見初はがっくりと肩を落としつつ、音楽ゲームのコーナーへ向かった。

ドンドコの達人。中央にゲーム画面、その手前に太鼓が二張設置されているゲームである。

遊び方は簡単。好きな曲と難易度を選び、その音楽と譜面に合わせて、バチで太鼓の面やふちを叩いてプレイする。

「まずは二匹とも、どれくらい出来るか見せてみて」

見初は機体の投入口に硬貨を入れて、風来と雷訪を太鼓の前に立たせた。

「雷訪、どの曲にする？」

「それでは……これにしますかな」

雷訪がふちをカッ、カッと叩いて画面のカーソルを移動させる。

二匹が選んだのは初心者向けのアニメ曲で、難易度は『かんたん』を選択。

画面に譜面が表示されて、ポップ調の曲とともに音符が右から左へと流れ始める。

「おりゃーっ！」

「いきますぞっ！」

風来と雷訪は、バチを大きく振り上げた。

その数分後。リザルト画面には「もう少しがんばりましょう」の文字が表示されていた。

「コラ――――ッ‼」

超初心者向けの曲すらクリア出来なかった二匹に、見初と冬緒は目を見開いて仰天した。

「お前たち、何だよ、このザマ⁉」

「あ、あのぅ、これでもいつもより調子がよかったのですが……」

「待って！　大会に出場したって言ってなかった⁉」

「予選敗退しちゃった……」

風来と雷訪は気まずそうに笑いながら、目線を逸らす。

「二匹に任せた私がバカだった……」

「そ、そんなに言うんだったら、見初姐さんもやってみなよっ！」

風来は容赦ない物言いをする見初に、自分が持っていたバチを差し出した。

「仕方ないなぁ」

見初はバチを受け取ると、カカッ、カカッと素早くふちを叩いた。

スピードの速い曲にカーソルを合わせて、何の躊躇《ためら》いもなく『むずかしい』を選ぶ。

曲が始まった途端、見初の目が鋭く光った。

ドンッ、ドドンッ、ドドドドンッ！

ドンッ、カッ、カカカッ、ドドンッ！

凄まじい速度で面とふちを叩く姿に、冬緒と獣たちは言葉を失っていた。

そして曲が終わり、リザルト画面にフルコンボの文字がでかでかと表示される。

「見初、お前何でそんなに上手いの⁉」

冬緒は、見初とゲーム画面を交互に見返していた。

「学生の頃に、ハマってた時期がありまして……」

「……こ、これほどの腕前なら、見初様が雷鼓を叩けばよろしいのでは？」

「うんうん！　見初姐さんなら、きっと出来るよ！」

雷訪の提案に、風来も笑顔で頷いている。

「いいえ。私はやりませんよ」

見初は厳しい表情で首を横に振り、風来にバチを返した。

「あなたたち、一度はやるって決めたんだから、最後まで責任を持ってやること！　それに夜遊びして冬緒さんや白玉に迷惑かけたでしょ。誠意を見せなさい！」

「だけど、オイラたちが叩いたら、また雷鼓がおかしくなっちゃうよ⁉」

「雨神様にも、またご迷惑をおかけしてしまいますぞ！」

「そうならないように、特訓するんでしょうが！　ほらっ、始めるよ！」

及び腰になっている二匹を無視して、見初はゲーム機に硬貨を入れた。

こうして見初による、スパルタ特訓が始まった。

「風来、打つタイミングが早いよ！　もっと譜面をしっかり見てっ！」

「ひぇぇっ！」

「雷訪はふちの部分をもっと正確に叩く！　当たってないよっ！」

「はぃっ！」

怯えた表情で太鼓を叩く女子高生二人。その後ろで腕を組み、仁王立ちしている見初。

冬緒はその様子を、ただ見守ることしか出来ずにいたが、

「百円玉もう残ってないや。両替に行かなくちゃ」

「待て見初。お前はもう十分使った。後は、俺に任せておけ！」

冬緒はすかさず自分の財布を取り出した。

「見初姐さん、もうやめようよ～！　全然上達しないよ～！」

「わたくしも、もうギブアップしたいですぞ！」

バチを手放して床に崩れ落ちる二匹を、見初は鋭く睨みつけた。

「泣き言を言ってる暇があったら、太鼓を叩きなさいっ‼」

「「うわーんっ！」」

そして見初たちの周囲には、いつの間にか人だかりが出来ていた。

「なぁ……あの子たちって、風ちゃんと雷ちゃんだよな？」

「何で泣きながら太鼓を叩いてんだろ……」

こうして地獄の太鼓トレーニングは、数日にわたって続けられた。

◆　◆　◆

時折光る黒雲と、不規則に鳴り響く雷鳴。ごおおっと轟音《ごうおん》を立てながら、激しく降り注ぐ雨。

「風来ちゃんと雷訪ちゃん、特訓の成果が出てるみたいね」

朝食の時間。永遠子は冷ややっこを箸で割りつつ、窓へ視線を向ける。

本日風来と雷訪は、早朝から雷雲丸に乗って空へと向かい、雷鼓を叩いていた。

「はい。雨神様も、いつも通り雨を降らせることが出来てますし！」

二匹を厳しく鍛えた甲斐があったというものだ。見初は満足げに、白米を頬張った。

◆ ◆ ◆

それからというもの、風来と雷訪はシフト通りに雷鼓を叩き、雷を鳴らしていた。

「今日もしっかり出来たよ！」

「ほぼ完璧だったのではないかと！」

この日も達成感に満ち溢れた表情でロビーに戻って来て、自分たちの成果を見初に報告した。

「えらいえらい、頑張ったね！」

見初が彼らの頭を撫でて褒めていると、フロントの電話が鳴り出す。

「お電話ありがとうございます。ホテル櫻葉でございます」

永遠子がパソコンで予約客の確認をしていたので、見初が代わりに出る。

『おお、鈴娘。ワシじゃ、ワシ』

電話の主は、雨神だった。

「こんにちは、雨神様。ご予約のお電話ですか？」

『いんや。実は雷神五号をとっ捕まえたんじゃ』

「あっ。そういえば、どこかに逃げてましたね……」

五号の存在をすっかり忘れていた。

「ちなみにどこにいたんですか？」

『大阪で食べ歩きしているのを見付けた者がおってのぅ。ワシに知らせてくれたんじゃ』

「食べ歩き～⁉」

受話器を握る見初の手に力が入り、ミシミシと音が鳴る。

「五号のおっちゃん、大阪に行ってたの⁉」

「我々が頑張ってるというのに……！」

見初から話を聞いた風来と雷訪も、歯茎を剥き出しにして憤《いきどお》っている。

見初たちが鼻息を荒くして洞窟に急ぐと、五号はぶすっとした表情で、ベッドに腰かけていた。その傍らに立っていた雨神が、「おお、鈴娘」と見初に手を振る。

「あっ、何か食べ物がいっぱいある！」

テーブルに山のように積まれたお菓子の箱に気付き、見初はそちらに駆け寄った。風来と雷訪も、それに続く。

「岩手の南部せんべい……栃木の葵きんつば……和歌山の柚もなか……？」

「どうも、全国各地のお菓子を買い漁っていたようなんじゃ」

雨神は、やれやれと首を横に振りながら言った。

「佐呂間《さろま》のかぼちゃパイもある。よし、これからいこう」

「美味しそうですなぁ」

「オイラにも一個ちょうだい」

「お、おい！　何やってんだ⁉」

無断で箱を開けてパイを取り出す見初と二匹に、五号がぎょっと目を見開く。

「地酒……地酒はないかのぅ～」

雨神も酒を求めて、箱の山をガサゴソと物色している。

「何なんだよ、お前ら！　俺を説教しに来たんじゃないのかよ⁉」

「そのために来たに決まってるじゃないですかっ！」

見初は声高らかに叫び、かぼちゃパイをバクッと口に入れた。

「そうじゃぞ、五号。それにこの狸と狐は、おぬしの代わりに雷を鳴らしとったんじゃ」

地酒探しを諦めた雨神は、冷蔵庫から缶ビールを取り出した。

五号は驚いた表情で風来と雷訪を見ると、「けっ」とそっぽを向いた。

「だったら、ずっとそいつらにやらせておけよ」

その一言は、当然二匹を怒らせた。

「どうして、そうなるのさー！」

「これはあなたの仕事なのですぞ！」

「だって俺、そんなのやりたくねぇし〜」

かぼちゃパイ片手に抗議する彼らに、五号は間延びした声でさらに続ける。

「どうせ、誰にだって出来る簡単な仕事なんだ。だったら、お前らに任せたっていいじゃねぇか」

「簡単だなんて……そんなこと言わないでください」

二匹の努力を誰よりも傍で見てきた見初にとっては、聞き捨てならない言葉だ。

思わず反論する見初だったが、五号は馬鹿にしたように鼻を鳴らす。

「こっちは仕事で雷を鳴らしてんのに、皆して嫌な顔するし。ガキなんて泣いちまうじゃねぇか。俺だって好きで雷神に生まれたわけじゃねぇんだ」

「あ、あなた、いい加減に……！」

空になったパイの袋をグシャッと潰し、見初が声を荒らげようとした時、

「いい加減にせんか、馬鹿モンがぁっ！」

雨神は、五号の腹をベチィンッ！　と思い切り平手打ちした。

「おぬしはそれでも雷神か？　ワシは同じ神として、恥ずかしいわぃ！」

「そ……そんなこと言われても、嫌なもんは嫌だし……」

ぼそぼそと言い返す五号だったが、それは火に油を注ぐ結果となった。

「黙れ若造っ！　確かにおぬしの気持ちは理解出来るが、だからと言って自分の役目を他の者に押しつけるでないわっ‼」

「ひっ」

激しい怒声を浴びせられ、五号の顔が青くなる。

「こやつらの力強い太鼓の音を聞いて、雷神としての誇りを思い出せぃ！」

雨神は風来と雷訪を一瞥《いちべつ》した後、缶ビールをぷしゅっと開けて、グビグビと飲みながら洞窟から去って行った。

「……私たちも失礼します」

少し気まずい雰囲気になり、見初と二匹も軽く頭を下げて、洞窟から出て行く。

すると入口の前には、雨神が立っていた。

そして落ち着いた声で、話を切り出す。

「……のぅ、狸に狐や。雷鼓を叩くのは、次で最後にしたほうがいいと思うんじゃ」

「え……でも、五号さんがあの様子だと……」

見初がそう言いかけると、雨神は「いや」と言葉を遮《さえぎ》り、洞窟へ目を向けた。

「このままだと五号はいつまでも、おぬしたちに甘えっぱなしじゃ。それは、あやつのためにならん」

雨神も五号を気にかけているのだろう。その眼差しは、穏やかなものだ。

風来と雷訪はお互いを見詰めあった後、ゆっくりと頷いた。

「今までありがとのぅ。じゃが……最後は今まで以上に心を込めて、雷鼓を叩いて欲しいのじゃ。そうすれば、あやつの心を動かせるかもしれん」

「……うん、分かった」

「わたくしたち、最後まで頑張りますぞ」

二匹の返事を聞き、雨神は「そうか、そうか」と嬉しそうに微笑んだ。

◆　◆　◆

そして迎えた最終日の朝。見初が身支度を整えていると、ドアをコンコンとノックする音が聞こえた。

「はーい……あ、おはよう。風来、雷訪」

ドアの前に立っていたのは、風来と雷訪だった。

「おはようございます、見初様。実は一つお願いしたいことがあるのです」

「オイラたちと一緒に、雷雲丸に乗って欲しいんだ」

「お願い……？」

「私も？」

見初は目を瞬《またた》かせながら、自分を指差した。

「わたくしと風来の勇姿を、どうか見初様に見て欲しいのです」

「だからお願い！　一緒に来て！」

深く頭を下げて頼み込む二匹に、見初は一瞬迷った。

雲に乗って、空高くまで上っていくなんて、正直言ってかなり不安だ。

けれど、ここまで頑張ってきた二匹の姿を思い返せば、最後の戦いを見届けてあげたい。

「うん……じゃあ、私も行こうかな」

「ありがとう、見初姐さん！」

「感謝いたしますぞ！」

そして数時間後。ホテルの屋上に来た見初と二匹は、雷雲丸に乗り込んだ。

「わぁっ、すごく柔らかい」

「気をつけろよ、見初。絶対落ちないようにな」

雷雲丸の乗り心地に感動する見初に、冬緒は心配そうに声をかける。

「ぷぅ……」

永遠子に抱き抱えられた白玉も、不安を感じているのか、弱々しく鳴いている。

「見初ちゃんなら大丈夫よ。ちゃんと無事に帰ってくるわ」

そんな白玉を、安心させるように撫でる永遠子。

最終日とあってか、冬緒と永遠子以外にも多くの従業員が見送りに来ている。

「何かあったら、すぐに帰って来るんだよ」

「最後だからって張り切りすぎて、失敗しちゃダメだぞー」

天樹《あまき》は優しい口調で、海帆《みほ》は軽快な口調で注意を促した。

「雷雲丸、上昇シマス。落下ニゴ注意クダサイ」

アナウンスとともに、ゆっくりと浮き上がる雷雲丸。

「行ってきまーすっ！」

見初は雷鼓に掴まりながら、仲間たちに向かって手を振った。


ひゅうぅ……と風の吹く音が聞こえる。真下を見下ろすと、青々とした大海原が広がっていた。

他の雲と同じ高さまで来たのに、不思議と寒さを感じない。雷雲丸の自動防寒システムが作動しているおかげらしい。

「あれ？　雨神様、まだ来てないのかな」

見初はキョロキョロと周囲を見回した。

「我々が来るのが少し早かったようですな……」

雨神が来るまで、少し待つことに。空の高さに慣れてきた見初は、雷鼓から離れて体育座りしながら、二匹に話しかけた。

「それにしても、あなたたち本当に太鼓叩くの上手になったね～」

「わたくしと風来をみっちり鍛えてくれた見初様のおかげですぞ」

「オイラたちだけだったら、もうダメだったと思う」

「ううん。二匹が諦めないで頑張ったからだよ」

見初が本心からそう褒めると、風来は「そ、そうかなぁ？」と照れた様子で自分の頭を掻いた。

「そうだ。オイラの新しい特技、見て見て！」

風来が二本のバチを手に取り、器用にくるくると回し始める。

「わぁ～、上手上手」

パチパチと拍手する見初。

「えへへっ、こんなことも出来るよ。あらよっと！」

かけ声とともに、風来はバチを少し上に投げた。

軽やかに回転しながら落ちて来るバチを、風来は慣れた手つきでキャッチしようとする。

つるっと手が滑り、二本とも掴み損ねた。

見初と雷訪も「あっ」という顔をする中、宙に投げ出されたバチは、まるで吸い込まれるようにして青い海へと落ちて行った。

見初たちには、その光景がまるでスローモーションのように見えた。

「…………」

一瞬、何が起こったのか分からず、黙り込む見初と二匹の獣。

「何してんのー⁉」

しかしすぐに我に返り、見初は風来に詰め寄った。

「バカッ、レジェンド・オブ・バカーッ‼」

「おだてる見初姐さんが悪いんじゃないかーっ！」

負けじと逆切れする風来。

「大体、どうして突然スティック回しなんて始めたの⁉」

「姐さんにもっとかっこいいところを見せたかったんだよ！」

先ほどの和やかな空気はどこに行ってしまったのか、激しい口論をする見初と風来。

「み、見初様、風来、ちょっと落ち着いたほうが……」

どうにか宥めようとする雷訪だったが、そんな時、雷雲丸から「オ知ラセイタシマス」

と声がした。

「間モナク、雨神様ガ到着イタシマス」

「うわ――――っ‼」

澄み渡った大空に響き渡る、見初たちの叫び声。

「は、早く海神《わだつみ》様に拾ってもらおうよ！」

「今からでは、もう間に合いませんぞ！」

「どうしよう、どうしよう！」

絶望的な状況に、獣たちはパニックに陥っていた。

「な、何とかしなくちゃ……！」

見初は文字通り頭を抱えて、必死に考えを巡らせる。

本日が最後なのだ。それに五号に最高の雷鼓の音を聞かせて欲しいと、雨神から頼まれている。

何が何でも、やらなければならない。

「何も思いつかないよーっ！」

「これはもう、雨神様に土下座して謝るしか……」

「諦めないでっ！」

今から土下座の予行練習を始めようとする二匹に、見初が鋭く叫ぶ。

「だって、バチがないと雷鼓叩けないよー！」

「私にいい考えがあるよっ！」

「本当ですかな⁉」

「うん！　だから……」

見初はそこで一旦言葉を止めて、二匹の肩に手を置いた。

「皆で頑張ろうね」

◆◆◆

それから数分後。雷雲丸に似た白い雲に乗った雨神が到着した。

「ふぉっ、ふぉっ、ふぉっ。少し待たせてしまったかのぅ～……ん？」

雷雲丸には雷鼓と、神妙な顔つきで膝を抱えている見初だけが乗っていた。見初の傍らには、二本のバチ。

「鈴娘、狸と狐はどうしたんじゃ？」

「え、えーとですね……軽い食あたりを起こしまして、今日はお休みです……」

見初は雨神と目線を合わせずに、そう答えた。

「こんな日に食あたりとな？　あやつら、何を食ったんじゃ」

「さあ、何でしょうね……あはは、あはははは……」

呆れて溜め息をつく雨神に、見初はぎこちない笑みを浮かべる。

「ということは、鈴娘はピンチヒッターとして来たんじゃな。まあ、そなたにならば任せても大丈夫じゃろ」

「はいッ！　お願いシャァァッスッ‼」

「元気じゃなぁ」

気合の入った挨拶をすると、見初はガシィッとバチを掴んだ。

そして持ち上げようとして、

「おもっ！」

思わずそんな声を出してしまった。

「それ、そんなに重かったかのぅ？　狸も狐も、普通に振り回しておったが……」

バチを掴んだ体勢で動きを止めた見初に、雨神が不思議そうに首を傾げる。

見初はハッとして、慌てて首を横に振った。

「い、いえ、全然軽いですッ！」

手に力を込めて、ゆっくりとバチを持ち上げる。ズシィィと襲いかかる重みに、見初は「ウッ」と小さく呻《うめ》いた。

「いつもの鈴娘と違うわぃ……」

ゆらぁり……と立ち上がった見初に、雨神は謎の気迫を感じた。

「ぐぬぬぬ……っ」

バチを構えるだけでも一苦労で、見初の手はプルプルと震えていた。

「ドリャ──ッ‼」

そして野太いかけ声を上げながら、見初は勢いよく巴紋の面に向かって、バチを打ちつけた。

ドォォン……ッ。

空気をびりびりと震わせるその音に、雨神は「おぉっ」と感嘆の声を上げる。

「ずいぶん気合が入っとるのぅ。重みのあるいい音じゃ」

「そ、そうですか⁉」

まだ一発しか叩いていないのに、息を荒くさせながら見初が尋ねる。

「うむ！　その調子で頼むぞぃ！」

「シャアッ！　分かりやしたァッ！」

腕を大きく振り上げ、鬼気迫る表情で雷鼓を叩く見初。

ドォォンッ、ドォォンッと鳴り響く重低音。

「あっ……！」

だがその重さのせいで狙いを上手く定めることが出来ず、見初は右手で持ったバチをふちにガッと強く当ててしまった。

「ふぎゃっ！」

途端、バチから悲鳴が上がった。

「今、狸の声がせんかったか？」

「き、気のせいですよ、気のせい」

気を取り直して、バチを構え直す見初だったが、今度は左手のバチがふちにぶつかった。

「あひぃっ！」

再び上がった悲鳴に、地上を見下ろしていた雨神は「む？」と見初の方を振り向く。

「今度は狐の声が聞こえた気が……」

「それも気のせいです！」

「うぅむ。ワシ、疲れとるんかのぅ……」

そう呟き、雨神はぽりぽりと自分の頭を掻いた。

「うぅ……うう……」

青い閃光が黒い空を照らす中、見初は啜り泣いていた。

「ごめん、ごめんね……っ！」

バチをふちにぶつけてしまう度に上がる悲鳴。

「ぎゃふんっ！」

「風来……あなたの言う通りだよ。お調子者のあなたを褒めた私がバカだった……」

「あぎゃあっ！」

「雷訪……化けられるんだったら、私が代わってやりたいよ……」

二匹との楽しい日々が、走馬灯のように見初の脳裏を駆け巡る。

あはは、見初姐さ～ん！

こっちですぞ、見初様～！

待ってよ、二匹とも！　あははははは～～……

彼らの犠牲を無駄にするわけにはいかない。

「ソイヤァ――ッ‼」

見初は涙を流しながら、全身全霊を込めて雷鼓を連打していく。

「何と……何と魂の込もった音なんじゃ……！」

壮絶な打ち込みを見ていた雨神は、感動で身震いを起こしていた。


一方その頃、ホテル櫻葉では。

「うっ、うわぁーっ！」

「悪いっ、ちょっと雨宿りさせてくれっ！」

「あんな雷初めてだ！」

多くの妖怪たちがロビーに駆け込み、避難所のような様相を呈していた。

「何だか……雷だけすごいわね」

永遠子は窓から空を見上げながら、首を傾げていた。

小振りな雨に対して、大地を揺さぶるような荒々しい轟音。その凄まじさに、ここまで逃げて来た妖怪たちは身を寄せ合いながら、悲鳴を漏らしていた。

「風来ちゃんと雷訪ちゃん、気合が入ってるわ……」

雷の迫力に圧倒されつつ、ぽつりと呟く永遠子。

だが隣に立っている冬緒は気付いていた。誰がこの雷を鳴らしているかを。

「この音は……きっと……！」

ゲームセンターで何度も聞いた力強い太鼓の音だ。聞き間違えるわけがない。

頑張れ、見初。ぎゅっと拳を握り締め、冬緒は黒雲に覆われた空を見上げ続けた。

そしてある洞窟の前では、一人の男が小雨に打たれながら、黒い空を仰いでいた。

「何て音だ……俺の心をじーんと痺れさせやがる……っ」

ぐすっと洟を啜る五号。その目には、雨水とは違う光るものが浮かんでいた。

「狸、狐……お前らの想い、お前らの音、しっかり俺に伝わったぜ！」

五号は鼻の下を指で擦りながら、爽やかな笑みを浮かべた。

◆　◆　◆

「素晴らしい音じゃったぞ、鈴娘！　ワシは今、猛烈に感動しておる！」

雷鼓を叩き終えて汗だくの見初に、雨神は大きく頷きながら称賛の言葉を送った。

「アザッシタァッ‼　失礼シャッス‼」

見初がバッと頭を下げると、雷雲丸は「ソレデハ、帰還イタシマス」と告げ、バビュンッと飛び去って行く。

ホテル櫻葉の屋上に到着すると、二本のバチはボフンと白い煙に包まれ、白目を剥いた風来と雷訪に戻った。その二匹を両脇に抱えて、見初は雷雲丸から降りた。

「マタノゴ利用ヲ、オ待チシテオリマス。……帰還モード、開始」

雷雲丸は雷鼓を載せたまま再び浮上すると、勝手に帰って行った。

そしてフラフラしながらホテルのロビーに戻ると、拍手の音が見初たちを出迎えた。

「おかえりなさい、皆！」

「ぷぅ～！」

見初たちへと駆け寄る永遠子と、見初へと飛びつく白玉。

「よく頑張ったな……見初」

そして優しく微笑みながら、見初の肩を優しく叩く冬緒。

「み、皆……」

仲間たちの言葉に心を打たれ、風来と雷訪を抱える腕にうっかり力を込めてしまう。

「ぐえっ」と蛙の潰れたような声がしたが、感極まっている見初が気付くことはなかった。

「はい！　私たち……最後まで頑張りました！」

そして見初は従業員たちを見回しながら、やり切った笑顔を見せたのだった。

第四話　鈴の音

一歩一歩踏みしめる度に、くしゃっと枯れ葉の割れる音がする。

はぁと、吐き出した息は白く、時折吹く冷たい風が頬を撫でた。

「はは。やっぱり寒いなぁ」

「来週には、雪が降るって言われてるからな」

そんなやり取りをしながら山道を歩いているのは、男性の二人組だった。

初雪を迎える前に、今年最後の登山に訪れていたのである。

「ん？」

Y字状の道にやって来たところで、片方の男性が訝《いぶか》しそうに足を止める。

「どうした？」

「いや、あそこに……」

茂みの中から、何かが見えている。それは白いうさぎのキーホルダーだった。

男たちが慌てて茂みへと駆け寄ると、リュックサックを背負った幼い少女が倒れている。

キーホルダーは、リュックサックの側面につけられていた。

「どうして、こんなところに……」

「親はどうしたんだよ。こんな小さな子が、山に一人でいるなんておかしいだろうが」

少女の両親を捜して、周囲を見回す二人。

すると、分かれ道の中央に立っている看板が目に留まった。

「……何だ、こりゃ」

男性の一人が眉を顰《ひそ》める。そして少し考え込んでから、右の道を歩き出す。

ゆったりとした下り坂を慎重に進んでいくと、その先は切り立った崖になっていて、慌てて足を止めた。

嫌な予感がする。

落ちないように注意を払いつつ、崖下を覗き込み、ハッと目を大きく見開く。

リュックを背負った男女が倒れているのだ。

「おい！　あんたたち、大丈夫か⁉」

声を張り上げて必死に呼びかけてみるが、二人の反応はない。

「ま、待ってろ。今、救けを呼んでやっからな！」

意識を失っているのかもしれないと思いつつ、そう告げてからその場を離れる。

直後、倒れていた男の指が、ピクリと動いた。

◆　◆　◆

今年も無事に師走《しわす》を迎えて、先日パラパラと粉のような初雪も降った。

そんな中、見初《みそめ》には一つ気になることがあった。

「野上《のがみ》さん……最近、泊まりに来ないですね」

見初がそう切り出したのは、夕食時のことだった。

「野上さんって……ああ、あのおじいさんのことか？」

向かい側の席にいた冬緒《ふゆお》がそう問いかけると、見初は「はい」と頷いた。

野上敏之《としゆき》。ホテル櫻葉《さくらば》には度々泊まりに来ていた、白髪頭の小柄な男性だ。

「秋頃から全然来なくなったから、どうしたのかなって」

「忙しくて来られないだけじゃないのか？」

「あ、確かに。小さなＩＴ企業を経営されているらしいですし」

見初の言葉に、冬緒はピタリと箸を止めた。

「何でそんなこと知ってるんだ？」

「野上さんが話してくれたんです。いつもパソコンばかり見てるから、息抜きで出雲《いずも》に旅行に来てるんだって」

「……そういえば、お前って野上さんと仲いいもんな」

ぼそりと呟き、冬緒はおかずを口に入れた。

「野上さんって穏やかで気配りもあって、一緒にお話してると何だか癒されるんですよね

～」

「まあ、それは分かる気がするけどな」

見初と冬緒が頷き合っていると、永遠子《とわこ》が「あら、野上様のお話をしていたの？」と二人のテーブルへとやって来た。その手には、料理を載せたトレイ。

「お疲れ様です、永遠子さん」

自分の隣に座った永遠子に、見初は労《ねぎら》いの言葉をかける。年末ということもあってか、この日は予約の電話が多く、永遠子は少し残業をして予約の確認を行っていた。

「ありがと、見初ちゃん。それとさっき、その野上様からお電話があったの。今度の土曜日、泊まりに来てくださるそうよ」

「本当ですか？」

見初は表情を明るくさせる。久しぶりに会えることも嬉しいが、無事だと分かって安心したのだ。

「今回は娘さんと二人で、少し長めに宿泊する予定みたいね」

「娘さんも来てくださるなんて初めてですね……」

野上から一人娘がいるのは聞いていたが、泊まりに来たことは一度もなかった。

あの野上さんの娘さんだから、きっと温厚な人なんだろうなぁ。ふんわり考えながら、見初は漬物をパリパリと食べた。

◆　◆　◆

そして土曜日。チェックインの予定時間になった頃、二人組の客がロビーに入って来た。野上と、野上と似た顔立ちの女性だ。

「お久しぶりです、野上さん」

見初が深々とお辞儀をすると、野上も「こんにちは、時町《ときまち》さん」と笑顔で頭を下げる。

「最近仕事が忙しくてね。なかなか泊まりに来られなかったんだ」

「そうだったんですね。どうぞ、ごゆっくりお過ごしください！」

二人の荷物を受け取りながら見初が言うと、女性の方が小さく会釈をした。

「娘の沙織《さおり》です。いつも父がお世話になっております」

「いいえ。いつも当ホテルをご利用いただき、ありがとうございます」

見初と沙織がそんなやり取りをする横で、野上が永遠子から受け取った宿泊カードに記入しようとしていると、

「うおーっ、すっげー広いっ！」

子供の大声がロビーに響き渡った。

見初たちがそちらへ視線を向けると、幼い男児がロビーのど真ん中でキラキラと目を輝かせていた。

その後ろから両親と思しき男女がやって来る。

「翔太郎《しようたろう》、そんな大声出さないの！」

「だって、じいちゃんばあちゃん家より、でかいしすごいじゃん！　ほんとにここに泊まるの⁉」

母親が人差し指を口元に添えながら注意するが、男児は大はしゃぎで聞く耳を持たない。

「息子が騒いでしまって、すみません……」

父親が申し訳なさそうに、見初たちへ頭を下げる。

彼らは野上たちと同時刻にチェックイン予定の小関《こせき》一家のようだ。

「ブ――ンッ！」

翔太郎が両腕を左右にピンと伸ばし、飛行機のようなポーズでロビーを走り回っている。

その様子を、風来《ふうらい》と雷訪《らいほう》が物陰からこっそり覗いていた。

「あの子元気だなぁ～」

「手のかかりそうな子供ですぞ……」

こそこそと話をしていると、翔太郎が突然ピタッと立ち止まった。

大きな目で、二匹をじーっと見詰めている。

「ハッ……」

身の危険を感じて、じりじりと後退りしていると、

「狸と狐だーっ！」

満面の笑みを浮かべながら、翔太郎が風来と雷訪目がけて突進してきた。

そして慌てて逃げ出そうとする二匹の尻尾を、ぎゅむっと掴む。「ギャアッ！」と悲鳴が上がった。

「すげー尻尾！　もふもふしてるっ！」

「いだだだっ！　放してー！」

涙目で、じたばたと暴れる風来。一方雷訪は、尻尾を振って翔太郎の手からするりと抜け出せたものの、たちまち耳を鷲掴みにされ、ぐいっと引っ張られてしまう。

「耳も、ふにふにしてて、おもしれー！」

「やめてくだされーっ！　そんなに引っ張ると取れてしまいますぞー！」

幼い子供に弄《もてあそ》ばれている二匹を、見初たちは黙って見守ることしか出来ずにいた。

見初が白玉《しらたま》に視線を向けてみると、ベルデスクの上で招き猫のポーズをしたまま固まっている。置物の振りをしているつもりなのだろうか。

「た、助けてー！」

「おりゃーっ！　待て待てーっ！」

どうにか逃げ出せた二匹を、楽しそうに追いかける翔太郎。

すると背後から伸びた手が、彼の体をヒョイと抱き上げた。

「いい加減にしなさい、翔太郎！」

母親に怒鳴られて、流石の翔太郎もビクッと肩を震わせる。

「ホテルの人たちゃ、他のお客様の迷惑になるでしょ！」

「だ、だって、狸と狐がいるんだよ！」

翔太郎がロビーの隅で怯えている二匹を指差すと、母親は溜め息をついた。

「そんなのいないじゃない。変な嘘をつかないの」

「本当だってばぁー！」

自分の言葉を信じてもらえず、翔太郎が不満そうに手足をばたつかせる。

「うちの息子、いつもあんな感じなんです。周りに誰もいないのに、ぶつぶつひとり言を言っていたり、変なのがいるって何もない場所を指差したり……」

河豚《ふぐ》のようにぷっくりと頬を膨らましている翔太郎を見ながら、父親が言う。妖怪が見えるのは翔太郎だけなのだろう。

「まあまあ、子供は元気が一番と言いますから」

野上は父親にそう話しかけると、翔太郎に「君はいくつなのかな？」と尋ねる。

「こないだで五歳になった！」

指を大きく広げながら答えた翔太郎に、野上は「うんうん」と相槌《あいづち》を打つ。

「この頃は、一番好奇心旺盛でやんちゃだからね。沙織も昔はそうだったなぁ」

父親に話を振られて、沙織は「やだ、お父さんたら」と笑って返した。

「こんにちは、野上様。お待ちしておりました」

その場に和やかな空気が流れる中、ロビーに姿を見せたのは柳村《やなむら》だった。

「ありがとうございます、柳村さん。お元気そうで何よりです」

穏やかに挨拶を交わし合う柳村と野上。見初がその様子を眺めていると、

「お母さん！　あそこにうさぎのぬいぐるみがある！」

「はいはい」

翔太郎が白玉を指差して、母親に呆れられていた。


「……ぷぅ？」

その日の深夜、白玉は耳をピクリと動かしながら目を覚ました。

チリン、チリン……

静寂の中、どこからか聞こえる鈴の音。

「ぷぅ、ぷぅ」

「ん～？　どしたの、白玉」

白玉に頬をペチペチ叩かれて、見初も目を覚まして起き上がった。

チリン、チリン……

「今年も来たんだね……神様の使いさん」

その美しい音色を聞きながら、見初はふわぁ、と欠伸《あくび》をする。

ホテルの裏山には山神が棲んでいる。いつからかこの時期になると、山神の使いが鈴を鳴らしながら、毎晩のように山から下りて来るらしい。そして何をするわけでもなく、暫《しばら》くすると山に帰って行くのだという。

特に危険な存在でもないので、気にしなくても大丈夫と永遠子が話していた。

「白玉、もう一回寝よう……」

「ぷぅ～」

見初が再びベッドに横になると、白玉も体を丸めて目を閉じる。

その涼やかな鈴の音色を聞いていると、不思議と心が落ち着いて、見初はすぐに寝入ってしまった。

◆◆◆

その翌朝ホテルのレストランでは、翔太郎がむくれた顔をしていた。

「だから昨日の夜、ずっと鈴の音してたじゃん！」

「父さんと母さんは何も聞こえなかったぞ」

「何でだよ！　すごくうるさかったのに！」

「またそんなこと言って。寝ぼけてたんでしょ？」

呆れた表情の両親に、翔太郎は「ちーがーうー！」と足をバタバタと動かす。

「……ちょっといいかな？」

目線を合わせるように、身を屈めて翔太郎にそう話しかけたのは、野上だった。

「あっ、昨日のじいちゃん」

「おはよう、翔太郎君」

「おはよ！」

翔太郎が元気よく挨拶すると、両親も野上に軽く会釈した。

「君が言っていた鈴の音……どんな音だった？　覚えてる？」

野上の問いかけに、翔太郎は「んー……」と小さく唸った後、

「チリン、チリンって音だったと思う！」

「……教えてくれてありがとう」

野上は礼を言って立ち上がり、自分のテーブルへ戻ろうとした。

けれどコホコホと咳き込んで、その場にしゃがみ込んでしまった。

「お父さん、大丈夫？」

異変に気付いた沙織が駆け寄って、父の背中を優しく擦る。

「……じいちゃん、風邪？」

その様子を見ていた翔太郎は、不思議そうに尋ねた。

「うん、そうなんだ。最近、寒いからねぇ」

野上はそう答えると、沙織の支えを借りながらゆっくりと立ち上がった。そして、そのまま翔太郎たちのテーブルから離れて行く。

「…………」

翔太郎は、二人の後ろ姿をじっと見詰めていたのだった。

「え？　野上さんが……？」

「うん。時町さん、あのお客様と仲がいいって聞いてたから、一応知らせた方がいいと思って……」

天樹《あまき》から朝のレストランでの出来事を聞いた見初は、表情を曇らせた。

体調が悪いのに、無理をして泊まりに来たのだろうか。

どうにも心配になった見初は、仕事の合間に野上たちの客室を訪ねた。

「時町……さん？」

ドアを開けたのは沙織だった。

「あの、今朝野上さんがあまり体調が優れない様子だったと、聞いたものですから」

「ああ……心配してくださって、ありがとうございます」

沙織が「お父さーん」と部屋の奥へと呼びかけると、野上がひょっこりと姿を見せた。

「おや、時町さん。どうしたんだい？」

「お父さんの具合が心配で、様子を見に来てくださったのよ」

「そうだったんだね。わざわざありがとう、時町さん。僕はもう大丈夫だよ」

嬉しそうに微笑む野上は顔色もよくて、見初はほっと胸を撫で下ろした。

「ですが、あまり無理はなさらないでくださいね」

「ですってよ、お父さん」

「ははは。気をつけるよ」

沙織も傍にいることだし、野上のことは彼女に任せておけば大丈夫だろう。

安心した見初がロビーに戻ると、冬緒に「ちょっと来い」と、何故か誰もいない応接間に連れて行かれた。

「見初、さっき野上さんのところに行ってただろ？」

「はい！　具合が悪いって、天樹さんが教えてくれたんです」

「気持ちは分かるけどさ。そういう行動は控えた方がいいぞ」

冬緒からの忠告に、見初は「え？」と目を丸くする。

その反応を見た冬緒は、少し間を置いてから言葉を続けた。

「……特定のお客様に、深入りするのをやめろってことだよ」

「深入りって……私はただ野上さんのことが心配なだけです」

「だけど野上さんは、心配してくれってお前に頼んでいないだろ」

冬緒は、見初の言葉を遮《さえぎ》るように冷たい口調で言った。

何も、そんな言い方をしなくてもいいのに。冬緒の物言いが癇《かん》に障り、見初はむっとした表情を浮かべた。

「……私が好きでしているだけですから、冬緒さんには関係ありません」

「そういう問題じゃない。ホテルの人間として、お客様には平等に接しろって言ってるんだ」

「接してますっ！　それに……お客様を心配して何が悪いんですかっ⁉」

見初は声を荒らげると、冬緒をきっと睨みつけてから応接間を飛び出した。

野上を心配する自分の気持ちを否定されたのが、何だか悔しくて仕方なかったのだ。

◆　◆　◆

静かな昼下がり。風来と雷訪は何かに怯えるように辺りを見回しながら、寮の周辺の掃き掃除をしていた。

「あ、あの子いないよね？」

「はい。両親とともに、観光に行っているようですな。今のうちに掃除を済ませますぞ

「……！」

「うん！」

箒《ほうき》とちり取りを持って、せっせと枯れ葉や砂ぼこりを集めていると、

「あ――っ！　昨日のいたーっ！」

その叫び声を聞いた途端、二匹の動きがピタッと止まる。

そして恐る恐る声がした方へ振り向くと、そこには満面の笑みを浮かべる翔太郎の姿があった。二匹にはその笑顔が、恐怖の大魔王の顔に見えた。

「尻尾と耳触らせろーっ！」

「ギャ――ッ‼」

両手を伸ばして猛ダッシュで突っ込んで来る大魔王に、風来と雷訪は掃除道具を投げ捨てて走り出した。

「いやーっ！」

「来ないでくだされーっ！」

「あははっ、待てーっ！」

翔太郎が必死に逃げ回る二匹を捕まえようとしていると、

「翔太郎君。可哀想だから、やめてあげようね」

穏やかな声が、翔太郎を呼び止める。

「あっ、じいちゃん！」

後ろで手を組みながらこちらの様子を窺っている野上に、翔太郎はパタパタと駆け寄った。

「じいちゃんもあいつらが見えんの？」

期待に満ちた眼差しで問う翔太郎だったが、野上は「ううん」と首を横に振った。

「僕には何も見えないんだ」

「そっか……」

「……でも、いつか見えるようになりたいなぁ」

落胆の表情を見せる翔太郎に、野上は柔らかい口調で言った。

「それにね。見えなくても、その子たちが困ってるのは分かるんだよ。翔太郎君も、急に追いかけられたら怖いよね？」

「……うん」

翔太郎がコクリと頷きながら、狸と狐の方を見ると、彼らは既にどこかへ逃げ去った後だった。

「コラ、翔太郎。一人で勝手に行かないの」

目を吊り上げた母親が、後ろから翔太郎の頭をペチンと軽く叩いた。そして野上に頭を下げる。

「息子を見ていてくださって、ありがとうございました」

「いえ、お気になさらずに」

父親はこれ以上の暴走を阻止するためか、翔太郎をヒョイと抱き上げた。両親の腕に提げられたお土産袋は、冬の出雲観光を楽しんできた証である。

「今日は楽しかったな」

「夕飯までちょっとゆっくりしましょうか。翔太郎も疲れたでしょ？」

「ううん、そんなことないっ」

ふるふると首を横に振る息子に、両親は「はいはい、少しお昼寝しましょうね」と言いながら部屋に戻ろうとする。

すると翔太郎は、身をよじって野上へと振り向いた。

「じいちゃん！」

「何だい？」

「ありがと！」

嬉しそうな様子で、野上に手を振る。

翔太郎には不思議なものが見えるが、周囲の大人たちは誰もそのことを信じてくれなかった。

だから、野上が何の疑いもなく信じてくれて、嬉しかったのだ。

「じいちゃん！　これ、すっげー美味しいよ！　食べてみなよ！」

その日の夜。レストランでは、野上親子と同じテーブルで食事を摂る翔太郎の姿があった。

「うん、美味しそうだね。でも、それは翔太郎君のご飯だから、君が食べていいんだよ？」

「だって、じいちゃん風邪引いてんだろ？　風邪引いたら、体によくて美味しいものを食べろって、お医者さんが言ってた！」

遠慮しようとする野上に、翔太郎はフォークで刺したおかずをずいっと差し出した。

「それじゃあ……僕のと交換しようか。これも美味しいよ」

「うん！」

元気よく頷く翔太郎。隣のテーブルでは彼の両親が、その光景を見守っていた。

「どうも、すみません。あの子がどうしても、野上さんと一緒にご飯が食べたいと、駄々を捏《こ》ねてしまいまして……」

「そんな謝らないでください。僕たちも翔太郎君と一緒で、楽しいですよ」

「お父さんとのご飯はいつも静かだから、今日は賑やかで嬉しいです」

恐縮した様子の両親に、野上と沙織は笑顔で頷き合った。

「じいちゃん、またコホンコホンってしたら、おれが背中ナデナデしてやるからな」

「ありがとう、翔太郎君」

まるで本当の祖父と孫のようなやり取りをする二人。

「………」

そんな微笑ましい光景を、沙織はぼんやりと眺めていた。

『お母さーん、お父さーん！　早く早くー！』

軽快な足取りで、山道を登って行く。

くるりと後ろを振り向くと、両親との距離はずいぶんと開いていた。

『沙織ー、一人でそんなに先に行っちゃダメよー！』

『えへへっ、やだーっ！』

遠くから聞こえる母の声を無視して、どんどん先に進んでいくと、その先では道が二手に分かれていた。

道の中央には、白い看板が地面に刺さっていた。赤字で『この先、危険！』という文字と、右を差す矢印が書かれている。

どっちに行けばいいんだろう。迷っていると、父の声がした。

『そこの看板の前で、待ってなさーい！』

『はーい』

ちょっと疲れたし、休もう。看板の側にしゃがみ込んで、両親がやって来るのを待つことにした。

『早く来ないかなぁ……』

両頬に手を乗せながら、唇を尖らせる。——そしてその時、ふと悪戯《いたずら》心が湧いた。

両親の姿がまだ見えないことを確認して、すぐに行動に移す。

『よい、しょ……うんしょ……っ』

あまり深く考えていなかった。

ただ両親が大騒ぎをして、自分を心配するところが見たいだけだったのに。

そこで沙織は目を覚まし、勢いよくベッドから起き上がる。

「はぁっ、はぁっ……」

呼吸を乱しつつ隣のベッドに視線を向けると、安らかに寝息を立てている父がいた。

深い溜め息をついて、再びベッドに潜り込んで瞼《まぶた》を閉じようとした時、

チリン、チリン……

唐突に聞こえて来た鈴の音に、沙織は目を大きく見開いた。

◆　◆　◆

その翌朝。風来と雷訪は、いつものようにお腹を空かせながら、寮のホールにやって来た。

「今日の朝ご飯は何かな、何かなー？」

「楽しみですぞ……っておや？」

雷訪は、コテンと首を傾げた。何やらホール内が、重苦しい空気に包まれているのである。

何か事件があったのかと訝しむ二匹の下に、ぴょこぴょこと白玉が近付いて来た。

「ぷぅぅ……」

元気がないようで、耳がペタンと垂れてしまっている。

「白玉様、どうしたの？」

白玉が「ぷぅ」と前脚で差したのは、黙々と朝食を食べている見初だった。

「見初様がどうかしましたかな？」

「ぷぅっ」

白玉が次に差したのは、同じく静かに食事をしている冬緒。

風来と雷訪は、すぐに二人の異変に気がついた。

勤務時間がずれない限り、いつも食事を共にしている見初と冬緒が、別々のテーブルで食事をしているのだ。

しかも二人とも、険しい表情をしている。

「な、何かあったの？」

「ぷぅぅ」

白玉は「それが分かれば、苦労しない」と、首を横に振った。

「で、ですが、昨夜の夕食は一緒だったのでは……」

「ぷぅーぅ」

再び首を横に振る白玉。昨日は一応同じテーブルで食べていたものの、一言も言葉を交わさなかったらしい。

「これは一大事ですなぁ……」

「喧嘩しちゃったのかなぁ……」

今までにない険悪な雰囲気の二人に、風来と雷訪は懸念《けねん》を抱く。

しかしそんな二匹には、もう一つ大きな心配事があった。あの子供、翔太郎の襲来である。

「右よーし！」

「左よーし！」

「後方よーし！」

周囲に誰もいないことを確認して、ゴミ捨てを行う二匹。流石にこんなところまでは来ないだろうが、万が一ということもある。

「嫌だなぁ〜。怖いなぁ〜」

「あの子供、いつまでこのホテルに泊まっているのでしょうな……」

怯えながら作業を続けていると、雷訪はふと誰かに見られているような気配を感じた。

「むむっ？」

辺りをキョロキョロと見回すと、物陰からこちらを覗く一人の人物——、翔太郎だ。

「で、で、出たぁぁぁっ！」

「えっ、雷訪⁉　どうし……ギャーッ！」

風来も翔太郎に気付き、お互いをガシィッと抱き合う二匹。

もうダメだ、おしまいだ。こちらへずんずんと歩み寄って来る翔太郎に、ブルブルと体を震わせる。

「ごめんなさい」

告げられた謝罪の言葉に、風来と雷訪は「えっ？」ときょとんとした。

すると翔太郎は、今度はもっと大きな声で言った。

「お前らをいじめて、ごめんなさい！」

「う、うん」

「あ、謝ってくれて、ありがとうですぞ」

とりあえず頷くと、翔太郎は満足げな顔をして、「じゃあなー！」と走り去って行った。

いったい何だったのだろう。二匹は突然のことに、呆然と立ち尽くすのだった。

◆◆◆

「じいちゃん！　おれ、ちゃんとあいつらに謝れたよ！」

「そっか。偉いね、翔太郎君」

野上に頭を撫でられると、翔太郎は嬉しそうに目を細めて笑った。

翔太郎は明日で、このホテルを去る。だから、ロビーの窓際にあるソファーに座り、二人仲良く会話をしていたのだ。

「出雲の街は楽しかったかい？」

「……何か神社ばっかり行ってて、あんまり面白くなかった！」

翔太郎は、少し眉を顰めながら答えた。

「うーん。君に神社巡りは、ちょっと早かったのかもしれないね」

「でも、お昼ご飯は美味しかったし、お土産もいっぱい買ったよ！」

「それはよかった」

穏やかな調子で相槌を打つ野上を、翔太郎はじっと見上げながら尋ねた。

「……じいちゃんは、どうしてホテルに泊まりに来たの？」

「そうだねぇ……」

　野上はそこで口をつぐみ、窓の外へ視線を向ける。雪がちらつきそうな曇り空だった。

「僕には願い事があって、それを叶えるためにここに来たんだ」

「願い事ってどんなのっ？」

「そんな大したことじゃないよ」

　翔太郎がぐいぐいと身を寄せながら聞くと、野上は照れ臭そうに答えた。

「それに叶うかどうかも分からないんだ」

「えっ、何で⁉」

「……僕には、願いを叶える資格なんてないのかもしれないから」

　野上の言葉に、翔太郎は「しかく？」と目をぱちくりさせた。

「ああ、ごめんよ。翔太郎君には少し難しい話だったね」

「よく分かんないけど……叶うよ！」

　翔太郎はソファーから下りると、野上と向き合いながら力強く言う。

「だってじいちゃん、すげー優しいもん！　だから神様が、きっと叶えてくれるよ！」

「………………」

　自分を励まそうとする翔太郎の姿に、野上は暫《しば》し言葉を失う。そして緩やかに微笑んだ。

「……ありがとう。僕ももう少し頑張ってみるよ」

「うん！」

翔太郎が笑顔で親指を立てると、野上も笑顔で親指を立てて見せた。

「野上様と翔太郎君、すっかり仲良しになりましたねぇ」

少し離れた場所から二人の様子を眺めながら、柳村は隣にいる沙織にそう話しかける。

「はい……」

沙織はぎこちなく笑い、視線を床に落とした。

「あの子と一緒に過ごしている時の父は、本当に楽しそうです。……家にいる時は、いつも考え事をしてばかりなので」

「お仕事がお忙しいのでしょうね」

柳村の言葉に、沙織は「いえ」と首を小さく横に振った。

「きっと、昔のことを思い返しているのだと思います」

「……そうですか」

「翔太郎君は、とてもいい子ですね」

沙織は顔を上げると、翔太郎をじっと見詰める。

「明るくて元気で……あんなに小さいのに人を気遣うことの出来る優しい子供です。私なんかよりも……」

「沙織さん」

柳村に名前を呼ばれて、そこで沙織は「あ……」と、我に返ったように自分の口を手で押さえた。

「変なことを言ってしまって、すみません。……そろそろ、失礼します」

柳村に一礼すると、沙織は逃げるように部屋へと戻って行った。その途中、父がこちらを見ていることに気付いたが、気付かない振りをして。

……どれだけ悔やんでも、悔やみきれないほどの罪を犯した。

それは、決して許されることじゃない。

だから夜中になると、どこからか聞こえてくる、あの鈴の音はきっと自分を責めているのだろう。

「お前のせいで、母親は死んでしまったのだ」と。

◆◆◆

「早くしてよ！　おれ、おなか空いた！」

「もう少し待ってて、翔太郎。朝ご飯を食べに行く前に、荷物の整理済ませなくちゃ」

「後で好きなもの、何でも食べていいからなー」

いそいそと帰る準備をしている両親に、翔太郎はぷぅ～と頬を膨らませた。

お腹は空いたし、テレビだってニュース番組ばかりでつまらない。暇つぶしに窓辺に駆け寄り、閉め切ったままのカーテンを少しだけ捲《めく》ってみた。

「うわぁー……！」

灰色の空から降り注ぐ粉雪に、翔太郎は声を上げる。

「お父さん、お母さん！　雪降ってる！」

「そういえば、昨日天気予報で降るって言ってたな」

「私たちが帰る前に積もらないといいんだけど……」

興奮して飛びはねる自分を無視して、両親は相変わらず荷物整理を続けている。

翔太郎はそのことに、ますます不満を募らせていく。

そして二人に気付かれないように、備え付けの小さな踏み台を抱えてドアへと向かった。

「よい……しょっと」

ドアの手前に置いた踏み台に上がって、背伸びをして施錠を外す。そして取っ手を回すと、ドアがゆっくりと開いた。

両親は荷物をスーツケースに入れる順番を話し合っていて、こちらの様子にはまったく気付いていない。

ちょっと、その辺をお散歩するだけだから。

大人に見つからないように、廊下をこそこそと歩いていると、いつの間にかロビーに辿り着く。

ホテルの従業員は誰かと電話をしていたり、他の客と話をしている最中だった。

「今だ！」

ロビーを一気に駆け抜けて、外へと飛び出す。途端、ひんやりとした風が吹いてきて、小さな体がぶるるっと震えた。

しかし音もなく静かに降り続けている雪に、寒さも忘れて「すげー！」と叫ぶ。

胸を弾ませながら、ずっと空を仰いでいると、「うひぃー、冷える冷える」と声が聞こえてきた。

「あっ」

ホテルの裏山へと向かう謎の集団を見付けた。

頭から角や耳が生えていたりと、変な見た目の奴らばかりである。

「また降ってきやがったな」

「これからどんどん寒くなるのかねぇ」

「今度ホテルに行って、温かいお汁粉でも飲ませてもらおうかな」

「俺は熱燗《あつかん》の方がいいや」

そんな会話をしながら山道に入っていく様子を、翔太郎は駐車場の車の陰から窺っていた。

「……あいつら、何なんだろ」

そして翔太郎も、彼らを追いかけるように山へと足を踏み入れたのだった。

◆　◆　◆

本日も、見初と冬緒は仲違《なかたが》いをしたままだった。

業務上の会話はするものの、その口調は刺々《とげとげ》しく、互いに目を合わせようともしない。

「見初ちゃん、冬ちゃん、本当に何があったの……？」

二人の間に流れる冷ややかな空気に、困惑する永遠子。

「ぷぅ……」

今日も、白玉の耳は垂れ下がっている。

そんな時、二人の男女が慌てた様子でフロントにやって来た。小関夫妻だ。

「あ、あの、304号室の小関です。うちの翔太郎を見ませんでしたか？」

「いいえ……いかがなさいましたか？」

「あの子、勝手に部屋から出て行っちゃったみたいなんです。どこを捜しても、全然見つからなくて」

「えっ⁉」

ぎょっとする見初に、翔太郎の母親は嘆息する。

「多分ふざけてどこかに隠れてるだけだと思うんですけど、帰りの飛行機の時間もあるので、早く見付けないといけなくて……」

「……かしこまりました。念のために、ホテルの周辺も捜してみましょう」

　永遠子が冷静に言うと、両親は「すみません、ありがとうございます！」と申し訳なさそうに頭を下げた。


　そんなわけで翔太郎の大捜索が始まった。

レストラン。厨房。トイレ。裏口。手の空いている従業員たちで、あらゆる場所を捜す。

　しかし翔太郎は一向に見つからない。

　今はまだ、ドアマンの勤務時間外なので、外に出て行ったのかさえ分からない状態だった。

　ホテルの敷地内から出てしまったのか。それとも、誰かに連れ去られたのか。

「あの子、どこに行っちゃったのかしら……」

　母親がソファーに座りながら、祈るように両手を組む。

　各々も嫌な予感がして、不安げな表情を見せ始めた時だった。

「あー、寒かった！」

その声に、全員がバッと勢いよく振り向く。するとそこには、何事もなかったかのように、スタスタと歩いている翔太郎がいた。

「しょ……翔太郎っ⁉」

母親がソファーから立ち上がりながら、息子を呼ぶ。

「あっ！　お母さん……！」

怒られると思っているのだろう。覚悟を決めて、ビシッと背筋を伸ばす翔太郎を、母親が強く抱き締めた。

「このバカっ！　どこに行ってたの⁉」

「い、痛いって、お母さんっ」

「すごく心配……したのよ……っ！」

母親の両目から、ぽろぽろと涙が溢れ出す。

翔太郎は「……ごめんなさい」と消え入りそうな声で謝ると、母親にぎゅっとしがみついた。

「お前、今までどこに行ってたんだ？」

翔太郎の父親は、涙ぐみながら息子に問いかけた。

「変な奴ら追っかけて、あそこに行ってた！」

翔太郎が指差したのは、ロビーの窓から見える裏山だった。……どうやら妖怪の集団を見付けて、後を追いかけてしまったらしい。

「あそこに行ってたって……よく一人で帰って来られたなぁ」

父親が少し驚いた様子で呟くと、翔太郎は「ううん」と首を横に振った。

「おれ、ピカピカ光ってる鹿に会ったんだよ」

「光る……鹿？」

「そいつについて行ったら、帰って来られたんだ！」

「…………」

怪訝《けげん》そうな表情を浮かべる両親だが、翔太郎は高揚した様子で話を続ける。

「夜になると聞こえる鈴の音って、きっとあいつが鳴らしてんだよ！　首にちっちゃな鈴つけてて、チリンチリンってうるさかったし！」

近くで話を聞いていた見初と永遠子は、思わず顔を見合わせた。

もしかすると、山神の使いが翔太郎を助けてくれたのかもしれない。

「……翔太郎君。その鈴、どんな形だったかな？」

翔太郎にそう尋ねたのは、野上だった。従業員のただならぬ様子に気が付いて、何事かとロビーの片隅に佇んでいたのだ。そして、ゆっくりと翔太郎と母親へと近付いて行く。

「えっと……丸かった」

「これに似てたかい？」

懐から何かを取り出しながら、野上が翔太郎の前にしゃがみ込む。

錆《さび》だらけの銀の鈴が、チリンと鳴った。

「うん、こんなのだった。もっと綺麗だったけど」

翔太郎が鈴を凝視してコクンと頷くと、野上は目を見張った。

「君をここまで送って来た後、鹿がどこに行ったのかは分かる？」

「ん～。パッて消えちゃったから、分かんないや！」

「それじゃあ、その鹿とは山のどの辺りで会ったのか――」

「お父さん」

野上が矢継ぎ早に質問していると、沙織の呼び声がそれを遮った。

「ほら、もう部屋に戻りましょう？」

沙織は野上の肩を掴みながら、やんわりと促すが、

「待ってくれ、沙織。もう少しだけ……」

「いい加減にしてっ！　翔太郎君だって、困っちゃうでしょ⁉」

沙織がそう叫んだ途端、その場はしんと静まり返った。

野上は振り返って切羽詰まった表情の娘を見ると、悲しそうに目を伏せた。そして翔太郎へと向き直る。

「変なことを聞いてごめんよ、翔太郎君」

「そんなことないよ。じいちゃんとお話出来て嬉しかった！」

「そっか……」

野上は、屈託のない笑みを見せる翔太郎の頭を優しく撫でた。

「これからはお父さんとお母さんを、あまり心配させちゃダメだよ」

「……うん、分かった！」

「ばいばい、翔太郎君。元気でね」

野上が親指を立てて別れを告げると、翔太郎は一瞬だけ泣きそうな顔をした後、それでも笑いながら「うん！」と親指を立てたのだった。

◆◆◆

その日の夜。見初は柳村の部屋を訪れて、今朝の出来事を語った。野上の必死な様子が、気になったのだ。

「そうですか。野上様が……」

柳村は見初の話を聞くと、少しの間黙り込んでいた。

そして、おもむろに口を開く。

「……時町さんは昔、ここの裏山で滑落事故があったのをご存じですか？」

「いえ……初めて聞きました」

「もう三十年以上前のことです。当時、あそこには登山者が多く訪れていたそうです。ですがある日、若い夫婦が崖から転落してしまい、男性はどうにか一命を取り留めたものの、女性は搬送先の病院で死亡が確認されました。……それが野上様と、彼の奥様でした」

見初は相槌を打つことも出来ずに、目を伏せる。

野上は沙織の話はよくしていたが、妻の話題には一度も触れたことがなかった。だから何となく、こちらからも聞いてはいけない気がしていたのだ。

「野上さんと沙織さん、そんなことがあったんですね……」

「……不可解な事故でした」

柳村は天井を仰ぎながら、当時を思い返す。

「崖のある方向には決して向かわぬように、分かれ道の前には矢印と注意書きを書いた看板が立っていました。もちろん、その看板の裏にも、同じような矢印などが書いてありました。山を下る際にも注意が必要ですからね。ですが事故が起きた時、看板は裏表逆になっていて、矢印も反対の方向を差していたのです」

話の流れが不穏になっていくのを感じて、見初の顔が強張る。

「恐らく、誰かが故意に看板を動かしたのでしょうね」

「………………！」

柳村の言葉に、見初は目を見張った。

その看板を見て、野上たちが崖へと向かったのだとすれば……

「沙織さんは、看板の近くで気を失って倒れていました。ですが、怪しい人物は見ていないと証言しています。結局犯人も見つからないまま、単なる悪戯として片付けられ、崖の前には落下防止用のフェンスが設置されました」

「単なる悪戯って……そのせいで野上さんの奥様は……！」

なんと理不尽なことだろう。込み上げてくる怒りと悲しみで、見初の声が震える。

「ええ……残された野上様と沙織さんの心情を思えば、あまりにやるせないことです」

柳村はそう言いながら、瞼を閉じて小さく溜め息をついた。

「でも柳村さん。どうして野上さんは、あんなに鈴にこだわっていらっしゃるのでしょう」

柳村と視線が合うのを待ってから、見初が問いかけた。

「これは野上様から聞いたお話ですが……」

柳村は少し躊躇《ためら》いがちに、話を続ける。

「野上様たちは、登山時に動物除けの鈴を身に着けていました。ですが事故に遭われた時、奥様が着けていた鈴がなくなっていたそうです」

「それじゃあ、あの鈴は……」

見初は錆びた鈴を思い返して、膝の上に置いた手をぎゅっと握る。

野上は今でも、妻の鈴を探しているのだろう。

そして翔太郎が遭遇した、山神の使いが首に下げていた鈴の音は、野上のそれとよく似たものだという。

だとすれば、もしかしたら。

「柳村さん、山神の使いって野上さんの……」

「時町さん」

見初の言葉を遮って、柳村が見初を見据える。

「これ以上は、私たちに出来ることは何もありません。すべては憶測に過ぎないのです」

そう告げて、悲しげに微笑んだ。

◆　◆　◆

「ゴホッ！　ゴホッ、ゴホッ……！」

室内に響き渡る激しい咳の音。

沙織は心配そうな表情で、野上の背中を擦っていた。

「大丈夫……？」

「はぁ、はぁ……っ。大丈夫。すぐに落ち着くから……」

そう言いながら力なく笑う父に、沙織は辛そうに顔を歪めた。

「お父さん……さっきは怒鳴ったりして、ごめんなさい」

「いや、あれは僕が悪いんだ。気にしなくていい」

「もう。いつもそうやって……」

そこから、暫しの沈黙が訪れる。

空調のささやかな音だけが聞こえる中、沙織は思い返すように言った。

「そういえば……あの鈴、まだ持ってたんだ。私のはもう壊れて捨てちゃったのに」

「……これは、僕の宝物なんだ」

そう言いながら、野上はポケットから取り出した鈴をチリンと鳴らした。

しかし沙織は鈴が視界に入らないように、そっと視線を逸らす。

「お父さん、いつもお母さんのことばかり考えてるのね」

「そうかなぁ」

「だってお母さんの葬式の時も、あんなに泣いてたじゃない……」

弱々しい声でぽつりと言う娘に、野上は苦笑しながら鈴を左右に揺らす。

チリン、チリン……

その音を聞いていると、過去の思い出が蘇る。

『今度、これを着けてみんなで山に登りましょうよ』

妻が鈴を三つ買って来たのは、まだ沙織が幼稚園の頃だった。

『これ、さおりの？　きれーい！』

『沙織がもう少し大きくなったら、皆で山登りしようねー』

『うん！　のぼるのぼるーっ！』

沙織は、鈴を着ける意味なんて分かっていないだろう。ただ綺麗な鈴を買ってもらえて、嬉しそうにはしゃいでいる。

妻はそんな娘の頭を優しく撫でていた。

その光景を見て、野上は頬を緩める。いつか三人で山に登る日が、待ち遠しいと思った。

そして数年後。沙織が小学二年生になった年の冬。出雲のとある山に登ることになった。以前にも訪れたことのあるその山は、子供にでも登りやすく、すぐ近くにはホテルもあったのでちょうどよかった。

家族お揃いの鈴を身に着けて、山の中に入る。

『お母さーん、お父さーん！　早く早くー！』

初めての登山に目を輝かせ、元気よく駆け出す沙織。

娘のリュックサックにぶら下げた、うさぎのキーホルダーが大きく揺れていた。

◆　◆　◆

小関一家がチェックアウトしてから、二日が経った。翔太郎の脱走事件も大事になることもなく、平穏な日々が流れるホテル櫻葉。

しかし見初には、一つ気がかりなことがあった。

野上と沙織が、部屋から出ることがなくなったのである。

食事もルームサービスで済ませるようになり、レストランにも現れないらしい。

柳村から二人の過去を聞いたからか、仕事中も彼らの心配をしてしまう。

「野上さん……」

チェックインした宿泊客を客室まで送り届けた後、見初は野上たちの部屋の前で立ち止まった。

ドアをノックしようとしたが、冬緒に言われたことを思い出して手を止める。

『特定のお客様に、深入りするのをやめろってことだよ』

その言葉は、見初の心に深く突き刺さっていた。

「ゴホッ、ゴホッ！　ゲホッ、ゴホッ！」

ベッドの中で大きく咳き込んだ後、野上の喉からは、ヒュー……ヒュー……と掠《かす》れた音が漏れていた。

「お父さん……そろそろ帰ろう？　それで病院に戻りましょうよ」

父の皺だらけになった手を両手で包み込み、沙織が暗く沈んだ声で言う。

野上は娘の顔を見上げながら、乱れた呼吸を整え、コクン……と小さく頷いた。

「そうだね……何かあったら、沙織やホテルの方々のご迷惑になるか」

「違う、そうじゃないの」

野上の手を包む両手に、力が込められる。

「私、お父さんの苦しそうな顔、もう見たくない……」

「……沙織」

野上は自分の手を握り締めている両手を、そっと撫でた。

「明日、ここを出よう。そしてまた入院することにするよ」

「うん……それがいいと思うわ」

沙織は安堵《あんど》の笑みを浮かべながら言った。

「今日でホテル生活も終わりかと思うと、何だか寂しくなるなぁ」

「ここのご飯、とっても美味しかったわ。お父さん、よく褒めてたもんね」

「だけど、普通のご飯も少し恋しくなってきたよ。……そうだ。ちょっと近くのコンビニまで行って、弁当を買って来てくれないかな?」

途端、沙織は眉を顰めた。

「コンビニ弁当なんて、体に悪いんじゃない?」

「たまにはいいじゃないか。ほら沙織も、好きなものを何でも買っていいから」

ベッドサイドテーブルに置いていた自分の財布を、娘に差し出す。

「そのくらいのお金、私だって持ってるわよ」

沙織は呆れたように言うと、ハンガーにかけていたコートを手に取った。

「じゃあ、ちょっと行ってくるから。お父さんは寝ててね」

沙織が忙しなく部屋から出て行こうとすると、野上は「なぁ、沙織」と呼び止めた。

「……翔太郎君が夜中に聞いていた鈴の音、沙織にも聞こえていたかい？」

野上がそう問いかけると、沙織はピタリと足を止めた。そして少し間を置いてから、

「ううん。そんなの聞こえない」

振り向きもせずに答えて、早歩きで部屋から出て行く。ガチャンと、ドアの閉まる音がやけに大きく響いた。

「……ありがとう。そして、ごめんよ」

野上は軽く呟き込みながらベッドから立ち上がると、フロントに電話をかけた。

「すみませんが……時町さんはいらっしゃいますか？」

数分後、部屋にやって来た見初に、野上が「急にすまないね」と小さく謝る。

「いいえ、そんなことないです。今日はどうなさいましたか？」

そう尋ねた見初に、野上は窓の外に視線を向ける。

「僕をあの山に連れて行って欲しいんだ」

「裏山に……ですか？」

「少し前から体を悪くして、入退院を繰り返していてね……一人で山に登れるだけの体力は、もう残っていないんだ」

野上は寂しそうに笑って、自分の足を軽く擦る。

「そ、そんな状態で山に行くなんて、無茶です。沙織さんも反対されると思います……！」

「うん。そう思って、沙織には買い物に行ってもらってるんだ。暫く帰って来ないと思うよ」

「ですが……」

見初が強く断ることが出来ず言い淀んでいると、野上は深々と頭を下げる。

「今回の旅行が終わったら、入院することが決まっているんだ。そうなったら、このホテルには、もう来られないかもしれないんだよ……」

「野上さん……」

「お願いだ、時町さん」

いつまでも顔を上げようとしないその姿に、見初は思い悩む。

もし山に登っている最中に、野上の体調が急変したら。

柳村だって、自分たちに出来ることは何もないと言っていた。

……それでも。

体を丸めた姿が小柄な野上をいっそう小さく見せて、見初の胸を締めつけた。

見初は迷いを振り切るように首を横に振り、野上にまっすぐ視線を向けた。

「……分かりました。私が野上さんを裏山へ連れて行きます」

その言葉に、野上はゆっくり顔を上げて、「ありがとう」と感謝の言葉を述べたのだった。

◆　◆　◆

肌を刺すような冬の風が、小さく揺れる。

二日前に降った雪は、地面にほんの僅かに残っていた。

「時町さん、本当にいいのかい？　こんなことをしてもらって……」

「私、体力には自信があるんです。どうぞ、お任せください！」

見初はコートを着込んだ野上を背負いながら、山を登っていた。その足取りはしっかりしていて、地面を一歩一歩踏みしめて進んでいく。

チリン、チリン……

遠くから聞こえてきた鈴の音に、見初はハッと足を止めて周囲を見回したが、何もいない。

見初の肩に両手を置いていた野上は、その様子を見て、静かな声で問いかけた。

「……鈴の音が聞こえたのかい？」

見初は一瞬悩んでから、コクンと頷いた。そして再び歩き始める。

チリン、チリン……

鈴の音が鳴り続けている。

「みんなには聞こえるのに、どうして僕にだけ聞こえないのかなぁ……」

野上は寂しげに呟き、少し間を開けてから見初に語りかけた。

「翔太郎君を助けてくれた鹿……もしかしたら、僕の妻かもしれないんだ。……時町さんは、あの事故のことを知っているのかい？」

「はい。柳村さんから聞きました。看板を悪戯されたのが原因で、野上さんの奥様がお亡くなりになったと……」

そう答えながら、見初は歩き続ける。

「……違うんだ、時町さん。本当はね、あの時……」

背中越しでも伝わる穏やかな表情で、野上は言葉を続けた。

ホテルのフロントでは、永遠子が怪訝そうに頬に手を当てていた。

「見初ちゃん、遅いわねぇ……」

野上に呼ばれて部屋に行ったきり、見初が戻って来ないのだ。

「……野上さんと話し込んでるだけだろ」

冬緒が溜め息混じりに呟いていると、一人の女性が慌ただしくフロントに駆け寄って来た。沙織だ。

「うちの父がどこに行ったのか、ご存じではありませんか？　買い物から戻って来たら、部屋からいなくなっていたんです」

「先ほど野上様からお電話がございまして、うちのスタッフがお部屋に伺っているはずなのですが……」

「あいつ……多分、野上さんを部屋から連れ出したんだ」

冬緒が永遠子の言葉を遮るように言うと、沙織はハッと息を呑んだ。

「お父さん……まさか……」

そして沈んだ表情を浮かべながら、その場で俯いたのだった。

◆　◆　◆

「この辺りで下ろしてもらっていいかい？」

「はい」

Y字型の分かれ道にさしかかったところで、見初は野上を地面にそっと下ろす。

野上は自分の足で歩き出すと、道の中央で立ち止まり、地面に向かって円を描いた。

「ちょうどこの辺りに、看板が立っていたんだ。あの事件以降、悪戯防止のために取り外されてしまったみたいだけれど……」

チリン、チリン……

先ほどよりも鈴の音が近付いている。見初が目を見開きながら周囲を窺っていると、野上は呆けたような声を漏らした。

「この音……」

どうやら野上にも聞こえているらしく、しきりに辺りを見回している。

「君なのかい……？」

その問いかけに答えるように、突風が巻き起こり、地面の枯れ枝や落ち葉が大きく舞い上がった。

腕で目元を覆っていた野上が瞼を開くと、風の吹いた方向から澄んだ鈴の音がした。

柔らかな光を帯びた純白の鹿が、野上へと歩み寄る。

チリン、チリン……

その首には、錆びついていない銀の鈴が下げられていた。

「ああ……やっぱり君が持ったままだったのか」

野上は鹿へと歩み寄りながら、懐から錆びた鈴を取り出して、チリンと音を鳴らした。

「やっと会えたね……」

震える手で鹿の頭を撫でて、野上は優しく微笑んだ。瞬きをする度に、溢れた涙が頬を伝う。

鹿は目を細めると、涙で濡れた野上の頬に自分の顔を擦りつける。黒くて大きな瞳は、まるで泣いているかのように潤んでいた。そして、どこか名残惜しそうに離れていく。

野上は咄嗟《とっさ》に鹿へ手を伸ばそうとしたが、そろそろと引っ込めた。

「……また、会いに来るよ」

別れではなく、再会を約束する言葉を告げる。

直後、再び吹き荒れる風。野上が瞼を開いた時には、鹿の姿は消えていた。

「野上さん……」

見初がその場に佇んだまま動こうとしない野上へ、声をかけようとした時だった。

「ゴホ、ゴホッ……」

野上が苦しそうに咳をしながら座り込んでしまう。

「野上さんっ⁉」

その様子を見て、見初はすぐさま野上に走り寄ると、彼を背負って山を駆け下りたのだった。

◆◆◆

下山後、野上は病院に搬送されて、彼がホテルに戻って来ることはなかった。

私がしたことは、本当に正しかったのかな……

見初はホテルの屋上で、ぼんやりと夜空を見上げていた。雲一つない澄んだ夜空で、たくさんの星たちが輝いている。

「……？」

ガチャンとドアが開く音がした。誰かが屋上にやって来たらしい。

見初が振り返ると、そこにいたのは冬緒だった。

「沙織さんから連絡があった。野上さん、このまま入院されるそうだけど、命には別状ないらしい」

「そうですか……」

見初がか細い声で相槌を打ちながら俯くと、冬緒はその隣に立った。そして夜空を仰いでいる。

「……あの時、私が野上さんの頼みを聞いていなかったら、こんなことにはならなかったんです」

冬緒の顔を見ることが出来ず、地上を見下ろしながら見初は言う。

「だけど、野上さんのために出来ることなんて、他に思いつかなくて……バカなんです、私。冬緒さんの言う通りでした。私がお客様の事情に、深く踏み込んだせいで……」

「野上さんがうわ言で『時町さん、ありがとう。ありがとう』ってさ」

冬緒の言葉に、見初は少し目を見開きながら顔を上げた。

すると、こちらをじっと見詰めていた冬緒と目が合う。

「確かにお前がしたことは、間違っていたのかもしれないけど……それがあの人の望みなら、周りにとやかく言う権利なんかないよな」

「………………」

「だから……そんなに自分を責めるなよ」

見初は息を震わせた。鼻の奥がツンと熱くなって、視界がジワリと滲む。

流れ出しそうになる涙を指で拭い、見初は口を開いた。

「冬緒さん。私、決めました」

「見初？」

「これからは、全てのお客様に深入りしようと思います！」

見初は胸に手を添えながら、晴れやかな顔で宣言した。

「は……？」

ポカンと、目を丸くする冬緒。

「それで……野上さんみたいに困ってる人がいたら、手を差し伸べます」

「……お前、今回のことを全然反省してないな？」

「し、してますよっ。だから……私一人で解決出来ないようなことがあったら、冬緒さんたちに相談します！」

見初が慌てて付け加えると、冬緒は腕を組んで深く溜め息をついた。

「俺たちを巻き込む気満々じゃないか……」

「えっと……ダメ、ですかね？」

その問いかけに、冬緒の口元に笑みが浮かぶ。

「ダメなわけないだろ。俺は、お前のそんなところが好きなんだから」

「……はいっ！」

そして見初と冬緒は笑い合うと、どちらからともなく星空を見上げた。

「綺麗ですねー……」

「冬の夜空は星が綺麗に見えるっていうからな……」

ぽつりぽつりと言葉を交わしながら、二人はいつまでも星々を眺め続けていた。

「……ちゃんと仲直り出来てよかったわね」

「ぷぅ……」

「永遠子姐《ねえ》さん、もうちょっとそっち行って！　ここからじゃ、二人のことよく見えないよ」

「しっ、風来。二人に気付かれてしまいますぞ」

そして彼らをこっそり見守っていた面々も、ほっと安堵するのだった。

エピローグ

沙織が再びホテル櫻葉を訪れたのは、年が明けて少し経ってからのこと。見初と話をさせてもらえないかと、頼み込んできた。

見初はその要望に応え、沙織を応接間へと案内した。

「その節は、父がご迷惑をおかけしまして、大変申し訳ありませんでした……」

二人きりの室内で、沙織は深々とお辞儀をすると、菓子折りを見初に差し出した。

するとと見初は、慌てたように手のひらを向けて、フルフルと左右に振る。

「そんなことないです。元はと言えば、野上さんを勝手に連れ出した私が悪いんです」

「父が無理を言ったからであって、時町さんは何も悪くありません。それに……父の願いを叶えてくださって、ありがとうございました」

沙織はそこで一拍置き、呟くように言った。

「あの人は……母に会うことが出来たんですね」

「……沙織さん、お母様のことをご存じだったのですか？」

見初の問いかけに、沙織が苦笑を浮かべる。

「翔太郎君の話を聞いた時、何となくそんな気がしました。毎晩聞こえていたのは、母の

鈴の音でしたから

「そうでしたか……」

「……あの音が鳴り響く度に、私を責め立てているように聞こえました」

沙織はテーブルに視線を落とし、深呼吸をした。

「あの事故の時……母の悲鳴が聞こえました。それからすぐに、父の叫び声も」

目を伏せたまま、淡々と語り続ける。

「急いで二人を追いかけようとしたら、白い着物を着た何かが私の傍に立っていました」

「何か……？」

「目玉が一つだけついている顔で、枯れ枝のように細い体だったと思います。それを見た途端、私は恐怖で気を失って……病院のベッドで目を覚ましました」

沙織はそこまで言い終えると、ぎこちなく笑った。

「あれはきっと、山の神のようなものだったんでしょうね。でも怖くて、誰にも言えなかった。私のせいで母が死んで、そのことを怒って現れたんだって思いましたから……」

「…………」

「私が、父から母を奪ったんです。時町さん、私、本当はあの時……」

意を決して、何かを打ち明けようとする沙織の言葉を見初が遮った。

「……『うさぎのキーホルダーが見えていた』って、野上さんがそう仰っていました」

沙織が目を丸くしながら、顔を上げる。

「え？」

「少し、外の空気を吸いに行きませんか？」

見初は柔和な笑顔で、ドアを指差して提案した。

◆　◆　◆

ここ数日、出雲では雪が降らず、比較的暖かな日が続いている。

二人で裏山へと歩いて行くと、沙織がピタリと足を止めた。その表情は強張っていた。

沙織の横顔を一瞥《いちべつ》した後、見初は山に視線を移しながら話し始める。

あの時、野上の口から語られたことをすべて。

『違うんだ、時町さん。本当はね、あの時、看板の矢印が逆を向いてることに気付いてたんだ』

『え……？』

『この山には何度も登っていたからね。そしたら、少し手前で茂みの中に沙織のリュックにつけていたうさぎのキーホルダーが見えたんだ。僕たちに気付かれまいと、じっとしゃがみ込んでいたよ。……あの子が悪戯で看板を動かしたって、すぐに分かったよ』

目を丸くする見初に、野上はゆったりとした口調で語る。

『そして僕と妻は相談してね。わざと崖のある道を少しだけ進んで、娘の前で振り向いて驚かせようと思ったんだ。でもねぇ……思っていたよりもすぐ近くに崖があってね。そのことに気付かなかった妻が落ちてしまって、彼女を助けようとした僕も……』

『野上さんは……そのことを誰にも言えなかったんですね』

見初の言葉に、野上は『うん』と掠れた声で答えた。

『悪いのは沙織じゃなくて、騙された振りをした僕たちだから。本当はあの時、ちゃんと叱ってあげるべきだったんだ。それに……僕が本当のことを話したら、沙織の心が壊れてしまうと思ったんだ』

野上は、見初の肩に乗せていた手に力を込めた。

『あの子、葬儀の時にずっと泣くのを堪えながら、妻の棺《ひつぎ》を見詰めていたんだよ。幼いながらに何が起きたのか理解して、自分の罪を一生背負っていく覚悟をしたんだろうね。その姿を見て、僕は泣いたんだ。申し訳なくて、可哀想で……ああ……僕たちは、この子になんてことをしてしまったんだって……』

野上が静かに語り終えると、冷たい風が寂しげに吹いた。

「父が……そんなことを……」

そう呟く沙織の声は、今にも泣き出しそうに震えていた。

「あの鈴の音、今はもう聞こえなくなっちゃいましたけど……私には、とっても優しい音色に聞こえていました」

見初は鈴の音を思い返すように瞼を閉じて、緩やかに開いた。

「野上さんと沙織さんが会いに来てくれるのを、ずっと待っていたんじゃないでしょうか……」

「お母さん……」

沙織は呆けたような表情でコートのポケットに手に入れて、何かを取り出した。

古びた銀色の鈴。その表面には『さおり』とペンで書かれた白いシールが貼られていた。

「……沙織さん、是非来年も野上さんとご一緒に、ホテルに泊まりに来てください。……きっと、お母様も待っていらっしゃいます」

見初がそう笑いかけて言うと、沙織は何も言わずにコクリと頷き、山に向かって鈴をチリンと鳴らした。

番外編　栗騒動

秋も深まる十一月。その騒動は、ドアマンの一言から始まった。

「あのー、ホテルの入口に何か置いてあるんですけど……」

見初《みそめ》が様子を見に行くと、自動ドアの横にちょこんと置かれた小さな段ボール箱。蓋はきっちり閉じられていて、さらにガムテープでぐるぐる巻きにされていた。

そして『ホテルの皆さんで食べてください』と書かれたメモが貼ってある。

ドアマンが出勤して、放置されているのを見つけたらしい。

「んー……何ですかね、これ」

見初は、箱をフロントに持ち帰ることにした。

「お菓子の詰め合わせじゃないかしら」

「後はカップ麺とか……？」

各々から意見が上がる中、見初が早速中身を確認しようとすると、

「おやおや？」

「どうした、見初？」

「何か音が聞こえるような……」

見初は手を止めて、箱に耳を近付けてみた。

すると、カサカサ……カサカサ……と何かが動いているような音。

「まさか……捨て猫？」

見初の一言に、冬緒《ふゆお》と永遠子《とわこ》の顔色が変わる。

「い、いや、紙に食べてくださいって書いてあるだろ……！」

「でも、そのつもりで猫ちゃんを入れたかもしれませんよ……」

「と、とりあえず開けてみましょう！」

永遠子に促されて、見初は恐る恐るテープを剥がして蓋を開けた。

「こ、これは……もしや、イガグリなのでは⁉」

箱にぎっしり詰まっている、トゲトゲだらけの黒い球体を見て見初は目を輝かせた。

「嬉しい～！　今朝のニュースで栗の炊き込みご飯を見て、食べたいなぁって思ってたんですよ！」

見初は箱を抱えて、くるくると喜びの舞を踊った。

「んー、でもこれ本当に栗か……？」

冬緒は謎の球体をまじまじと見た。イガグリにしては見た目は黒っぽくて、トゲも鋭い気がする。

それに、箱の中でカサカサ動いていたことを考えると……

「……栗じゃなくて、ウニじゃないのか？」

「あーっ、ウニもいいですねぇ！」

食べ物なら何でもいい見初は、嬉しそうに頷いた。

しかし永遠子は、冬緒の言葉に「ウニですって⁉」と目を大きくした。

「ウニを常温保存だなんて、全部死んでるに決まってるじゃないっ！」

「え、でも、さっき動いてるみたいでしたよ……？」

「それはきっと、ウニの亡霊よ！」

「亡霊⁉」

大真面目な顔でのたまう永遠子。その様子に目をパチパチとさせつつ、見初は球体を一つ手に取ると、くんくんとその匂いを嗅いだ。

「ど、どうだ……？」

冬緒が見初に恐る恐る問いかける。

「磯臭くありませんね。やっぱりイガグリですよ！　絶対にウニじゃありませんっ！」

力強く断言した見初の脳裏には、栗の炊き込みご飯が浮かんでいた。

◆　◆　◆

勤務が終わった後、見初はイガグリの入った段ボール箱を抱え、寮の裏で仁王立ちしていた。

「これより、イガを剥いていきます」

黒光りするゴムの長靴を履いているのは、そのためである。

「おぉ～」

「ぷぅ～」

見物しにやって来た冬緒と白玉《しらたま》は、パチパチと拍手した。

その横には栗が食べられると聞いた風来《ふうらい》と雷訪《らいほう》もいたが、二匹とも球体を一目見るなり
「ん？」と首を傾げる。

「見初姐《ねえ》さん、それ本当に栗？」

「わたくしたちの知ってるイガグリではありませんぞ」

訝《いぶか》しがる元野生動物たちに、見初は「うっ」と息を詰まらせた。

「も、もしかしたら、新種の栗かもしれないよ！」

「まあ、見初姐さんがそう言うなら……」

「今、中身を取り出してみるからっ」

焦ったように言いながら、見初がイガグリを地面に置く。

そして長靴のかかとで、イガの両端を押し広げるように踏みつけた時だった。

「ヤ……ヤメ、テ……」

どこからか聞こえるか細い声。

見初が「え？」とピタリと動きを止めて、キョロキョロと周囲を見回す。

「ヤメテ……ッ、ムカナイデ……ッ」

声の主は、たった今見初が踏んでいる物体だった。

「イガグリが喋ったぁ――っ⁉」

見初たちの絶叫が、秋の空に響き渡る。

「え⁉ ほ、本当に新種なんじゃ……⁉」

「ヤメテッ、タベナイデ……シニタクナイッ」

聞いているこちらが切なくなるような声で、必死に訴えている。

そんな様子を、見初は暫《しばら》く見下ろしていたものの、

「おりゃーっ！」

先ほどよりも、踏みつける力を強くした。

「イヤーッ！」

イガグリから上がる甲高《かんだか》い悲鳴。

「や……やめろーっ！」

冬緒たちは、容赦なくイガを剥こうとする見初へと慌てて駆け寄った。

「こいつは命乞いしてるじゃないか！ もうやめてやれよ……！」

「だってどんな味なのか、気になるじゃないですか！」

「だからって、得体の知れないものを食べようとするな！」

冬緒は見初を羽交い締めしながら、一喝した。

「酷いよやめてよ、見初姐さん！」

「見初様には、人の心がないのですか⁉」

「ぷぅぅぅっ！」

獣たちも見初にしがみついて、どうにか凶行を止めようとしている。そもそも喋る栗なんて、見初以外は食べたいと思わなかった。

「く……っ、分かりました」

冬緒たちに説得され、見初がイガグリからゆっくりと足を離す。そして悔しそうに歯軋《はぎし》りをしながら、クルリと背を向けた。夕日の光が、彼女の背中をオレンジ色に染める。

「それで、こいつらは何なんだろうな……」

イガグリを拾い上げながら、冬緒は段ボール箱へと視線を向ける。

「ヒィィ……」

「ニンゲン、コワイィッ」

「タベナイデ……タベナイデ……」

「タスケテーッ」

仲間が食べられそうになったせいか、すっかり怯えてしまっている。

「こいつら、どうすんの？」

騒がしい箱の中を覗き込みながら、風来が冬緒に問いかける。

「柳村《やなむら》さんなら、何か知ってるかもしれないんだけどな……」

冬緒は腕を組みながら、ううんと唸る。

タイミングが悪いことに、柳村は出張で他県に出向いていて、帰って来るのは明後日。

このまま山に捨てるわけにもいかないので、ひとまず寮に持ち帰ることにしたのだった。

イガグリを諦めきれない見初は、隠れて柳村に電話をかけた。

『おや、喋る栗なんて面白いですね』

柳村は見初から話を聞くと、のほほんとした様子で相槌《あいづち》を打った。

「冬緒さんたちには全力で止められちゃったんですけど、やっぱり食べないほうがいいですか……？」

『そうですねぇ……』

そこで柳村は少し間を置いてから、見初にこう問いかけた。

『そもそも、その栗は本当に喋ったのでしょうか？』

「え？」

『いえ。人語を話す栗なんて聞いたことがないものですからね』

「そ、そういえば、あの声……ちょっと風来に似ていたような……？」

見初は自分の都合のいいように、記憶を改竄《かいざん》していく。

「もしかしたら、風来が私をからかっていただけなのかも……きっと多分、恐らくそのはず……」

『そうなりますと……やはり普通の栗なのではないでしょうか？』

「ですよねっ！　柳村さんがそう言ってくれると、心強いです！」

強力な味方をつけたことにより、暗かった見初の表情に光が差し込む。

そして柳村は、さらにこんな提案をした。

『気になるのでしたら、いっそ試しに一個割ってみたらいかがでしょうか？』

「割っちゃっていいんですか⁉」

『仮に妖怪だったとしても、そのくらいでは大事に至らないでしょう。リスクも少ないと思いますよ』

「な、なるほど……ありがとうございました、柳村さん！」

見初は柳村との通話を終えると、台所にあったすりこぎを手に取り、自分の部屋を飛び出した。

ホールに向かうと、冬緒と獣三匹が段ボール箱を囲んで、何やら話し込んでいた。白玉が見初に気付いて、「ぷぅっ！」と鳴く。

「ハッ、見初姐さん……っ」

「何か凶器を持ってますぞ⁉」

「しまった！　早く隠せっ」

見初に強奪されるのを防ぐためか、慌てて箱を運び出そうとしている。

「冬緒さん。一個だけでいいので、イガグリをこちらへ渡してください！」

「ダメだ！　お前にだけは渡せない！」

箱を大事そうに抱えながら、冬緒は首を大きく横に振った。

「叩き割って、中身を確認するだけですから！」

見初がすりこぎ片手に叫ぶと、箱の中が「イヤッ」、「コワイッ」とざわめき出す。

「ぷぅっ！」

白玉が見初の目の前で、通せんぼのポーズをする。

「そんな白玉まで……！」

「白玉にも分かるんだよ。お前がやろうとしてることは、間違ってるんだって……」

冬緒は諭すような口調で言った。

「だ、だって柳村さんに電話してみたら、是非とも叩き割ってくださいって……」

「本当に柳村さんがそんなことを言ったのか⁉」

「……言いました！」

またもや行われる記憶の改竄。

「風来、雷訪！　冬緒さんからイガグリを奪い取って来て！」

「いくら見初様の頼みであっても、それは聞けませんぞ！」

「人としてどうかと思うよ！」

風来と雷訪は、困り顔で後退りした。だがしかし、

「後で肉まん買ってあげるから！」

見初のその一声で、キラーンと目を光らせた風来が、素早い動きで冬緒が抱えている箱からイガグリを一個持ち出した。

「あいよ、イガグリ一丁！」

「ありがとう、風来！」

そして見初に献上してしまった。冬緒が「あのバカ狸……」と、がっくり肩を落としている。

「ワーッ、タスケテーッ」

肉まんの誘惑に負けた狸のせいで、絶体絶命の危機に陥ったイガグリ。

しかしそこに一人の救世主が現れる。

「待ちなさい、見初ちゃん」

「と……永遠子さんっ！」

見初の視線の先には、腕を組みながら壁に寄りかかっている永遠子がいた。

「イガから取り出さないと、食べられませんよ！」

「それはイガグリじゃなくて、死んだウニよ。私の勘がそう囁《ささや》いているわ」

「でも……」

見初は、手の中にあるイガグリを見下ろした。

「チガウヨ、チガウヨッ！　ボク、ウニジャナイヨッ！」

「ウニじゃないって主張してるんですが」

「所謂《いわゆる》ゾンビウニってやつね。精神が混濁して、自分がウニだったことを忘れてしまったのよ」

「永遠子さん……またわけの分からないことを……」

見初が呆れていると、永遠子はカツン、カツンと足音を立てて見初に近付いて行った。

「ウニたちを割ることは、この私が許さないわ！」

「そのくらい、別にいいじゃないですか！　万が一妖怪でも、死にはしないって柳村さんも言ってましたし！」

「見初ちゃん、あなた腐ったウニを見たことがある⁉」

永遠子はカッと目を見開いて、見初を問い詰めた。

「な、ないです」

「私もないわ！　だけどそんなものを見てしまったら、大好きなウニのお寿司が二度と食べられなくなる気がするの！　私、そんなの絶対嫌っ‼」

かつてないほどに険しい顔つきで、永遠子が鋭く叫ぶ。

「見初ちゃんだって、そう思うでしょ⁉」

「私は普通に食べられると思います。だってウニ、美味しいですし……」

「私は、見初ちゃんみたいに割り切れないのよ！　とにかくダメって言ったら、ダメ！」

永遠子の凄まじい剣幕に、流石の見初も「は、はいっ」と頷くことしか出来なかった。

柳村が出張から戻って来るまでの間、イガグリボックスはホールの片隅にひっそりと安置されることになった。ガムテープでぐるぐる巻きにされ、『食べないでください』という貼り紙つきで。

見初は箱の目の前で、ギリィ……と奥歯を噛み締めていた。

すると白玉に足をぺちぺちと叩かれて、ハッと我に返る。

「だ、大丈夫だよ！　勝手に取って食べたりしないってば！　……うん！」

「ぷぅ……」

焦った口調で取り繕う見初を、白玉は呆れた眼差しで見上げていた。

「それに柳村さんが帰って来るまでの辛抱だから……」

柳村が喋る栗なんて聞いたことがないと言っているのだから、あれはただの栗なのだ。

「ココハドコッ？」

「ワタシハダレッ？」

「アケテッ、アケテッ」

箱の中から聞こえて来る甲高い声も、きっと幻聴。見初は自分に、そう言い聞かせ続ける。

「……？」

ふと誰かの突き刺さるような視線を感じて、見初は周囲を見回した。が、怪しい人物は見当たらない。

今のは気のせいだろう。見初はそう判断して、ホールから立ち去った。

その日の深夜。静寂と暗闇のホールに一人の人物が現れ、照明のスイッチを入れた。

そしてガムテープをベリベリと剥がして、蓋を開ける。

「ギャーッ、アカルイッ」

「マブシイッ、マブシイッ」

突如明るくなったことで動揺するイガグリたちを、見下ろす男。

「クク……喋る栗とは珍しいではないか」

火々知《かがち》が舌なめずりをしながら、箱へと両手を伸ばそうとした時。

「火々知さん、ストップ！」

テーブルの下に隠れていた見初が止めに入った。

「なっ……お前、何故ここに……⁉」

「嫌な予感がして、見張ってて正解でした……！　そのイガグリたちをどうするつもりですか？」

見初がビシッと段ボール箱を指差しながら問うと、火々知は「フッ」と鼻で笑った。

「ちょうどいいブランデーが手に入ったのでな……こやつらでマロングラッセを作るのだ」

平然と言い放つ火々知に、見初は衝撃を受けた。

「そんなことをしたら、私が食べる分がなくなるじゃないですか！」

「安心しろ、作ったらお前にも分けてやる」

「そういう問題じゃないですよ。私は、栗ご飯が、食べたいんですっ！」

見初は声を張り上げて叫ぶ。栗ご飯でしか得られないものがあるのだ。

「大体、柳村さんが帰って来るまでは、食べちゃダメって言われていたのに！」

「目の前に栗があるのに、待っていられるか。たとえこやつらが妖怪だったとしても、吾《わ》が輩《はい》は食べるぞ！」

「妖怪だったとしても……？」

ソムリエ妖怪の言葉に、見初は訝しんだ。

妖怪って食べられるのだろうか。というか、どんな味がするの？

「……いやいや、今はそういう話をしているんじゃなくて！　……火々知さん。柳村さんにおつまみのお土産を買ってくるように、お願いしていたらしいですね」

「それがどうした」

「柳村さんにこのことを言いつけて、火々知さんのお土産を買うのをやめさせますよ！」

見初がそう言った途端、火々知に動揺が走る。

「そ、それはやめろ！　吾輩の神戸牛ビーフジャーキーが……！」

「だったら、マロングラッセは諦めてください」

「ぐう……」

ビーフジャーキーとマロングラッセを天秤にかけ、前者をとった火々知はとぼとぼとホールから出て行った。

危なかった。無事に栗を守り切れて、見初はほっと安堵《あんど》する。

そして箱へと近付いてみると、

「トキマチサン、アリガトッ」

見初はイガグリボックスをガムテープで再び封印すると、足早にホールを後にした。

「ち、違うっ！　この声は、気のせい気のせいっ！」

その様子にジーンと心を打たれる見初だが、すぐにハッとして首を横に振った。

イガグリたちが、見初に感謝の言葉を述べている。

「オンジンッ、オンジンッ」

◆◆◆

翌日の夕食時。風来と雷訪は、イガグリたちの話し相手になっていた。

「へぇ〜、いつもライバルたちと縄張り争いをやってるんだ」

「コーガ、ホロブベシッ」

「フーマ、ホロブベシッ」

何やら物騒なことを言っている彼らを、遠目で見ている者が約一名。

「あのウニたち、早くゴミに出さないとそろそろ臭いがきつくなる頃よ……柳村さんを待ってなんかいられないわ……」

謎の生命体をウニと信じて疑わない永遠子は、数時間後ゴミ袋を持ってホールにやって来た。

そして箱を開けて、驚愕する。

「えっ、いなくなってる⁉」

中にぎっしり詰まっていたはずの彼らが、忽然《こつぜん》と姿を消していたのである。

まさか脱走したのでは。焦る永遠子だが、あれらを食べようとしていた命知らずのベルガールが脳裏をよぎり、息を呑んだ。

「み……見初ちゃんっ！」

すぐさま見初の部屋のドアを叩きながら、部屋主を呼ぶ。

「はーい。どうしたんですか、永遠子さ……」

「見初ちゃん、あんなの食べないでっ！　死ぬわよっ‼」

「ええええっ⁉」

強引に部屋に入って来た永遠子に、見初は目を白黒させた。

しかし永遠子がいくら台所を見回しても、彼らの残骸らしきものは見つからなかった。

「あの、永遠子さん……何かあったんですか？」

呆然と立ち尽くす永遠子に、見初がおずおずと尋ねる。

「……私の早とちりだったみたい。ごめんなさいね、見初ちゃん」

「いえ……」

「例のゾンビウニたちがいなくなったのよ。どこに行ったのか、知らない？」

「えっ、いなくなっちゃったんですか⁉」

見初はぎょっと目を見張った。

「も、もしかして、海に帰っちゃったんじゃないですか？」

「そうだといいんだけど……」

首を傾げながら永遠子が帰って行く。足音が遠ざかって行くのを確認してから、見初はベッドの下に隠していたイガグリたちを出した。

「危なかった……」

夕食の時にぶつぶつ呟いていた永遠子が気になり、こっそり箱から抜いていたのである。

「ダイスキッ！」

「トキマチサン、アリガトッ」

「トキマチサン、トモダチッ」

イガグリたちの温かな言葉に、見初は「と、友達……」と感動していた。

そして彼らを食べようとしていた自分を恥じた。

「白玉……私が間違ってたよ」

項垂《うなだ》れた見初の背中を、白玉が「ぷぅ……」と優しく撫でる。

「……皆を山に帰してあげなくちゃね！」

「ぷぅっ！」

「だけど永遠子さんが、またこの子たちを探しに来るかもしれないなぁ」

イガグリたちを、どこか安全な場所に避難させなければ。

見初は暫《しば》し悩んだ後、「あっ！」と手のひらをポンと叩いた。


「というわけで、お願いします」

見初がイガグリたちを託したのは、桃山《ももやま》だった。

「それは別に……構わないが……」

「ホテルの厨房にでも匿ってください。そこなら永遠子さんも、探しに来ないと思いますから」

「分かった……」

コクンと頷いた桃山に、イガグリたちの入ったコンビニのビニール袋を手渡す。

「ばいばい、皆。明日ね」

「バイバイッ、トキマチサンッ」

彼らと別れを告げて、見初は部屋に戻るとベッドに潜り込んだ。

「栗なんて、丹波《たんば》に採りに行けばいいだけだもんね……」

「ぷぅ」

「丹波の栗で作った炊き込みご飯、きっと美味しいんだろうな……」

丹波の栗に思いを馳せながら、眠りに就いた。

そのせいか、見初は奇妙な夢を見るのだった。

「皆……栗ご飯が出来上がったぞ……」

桃山の後ろにずらりと並ぶ数十台の炊飯器。それらがパカッ、パカッと開いていき、栗の炊き込みご飯が姿を見せる。

「わぁー！　美味しそうーっ！」

黄金色の栗に大感激の見初。栗から「タベテッ、トキマチサンッ」、「オイシイヨッ」と声が聞こえてくる。

「うん！　いっただきまーすっ！」

大口を開けて、米と一緒に栗を頬張ろうとする。

しかしそこで、見初は目を覚ました。

「栗……栗……」

ぼんやりとした表情でうわ言のように呟きながら、ベッドから立ち上がる。

「栗の炊き込みご飯……」

そして体を左右にゆらゆらと揺らしながら、部屋から出て行ってしまった。

その数分後。部屋のドアをノックする音に気付いて、冬緒は目を覚ました。時計を見ると、まだ朝の六時半だ。こんな時間に何かあったのかと、部屋のドアを開けると、意外な人物が立っていた。

「おはようございます、椿木《つばき》君」

「柳村さん⁉　こんな早くに帰って来たんですか⁉」

「はい。大変なことを思い出して、慌てて帰って来ました」

柳村は、いつもより硬い声で冬緒に尋ねた。

「人の言葉を喋る栗は、今どこにありますか？」

◆　◆　◆

ホテルの厨房では、休憩中の桃山がイガグリたちの相手をしていた。

「カエリタイッ、カエリタイッ」

「ヤマニ、カエシテッ」

「今日柳村さんが帰って来るから……もうすぐ解放されるとおも……」

ふと殺気のようなものを感じて、背後を振り返る。

するとそこには、パジャマ姿の見初が立っていた。どこから拾って来たのか、大きな石を握り締めて。

「……時町《ときまち》？」

「栗……栗山さん……」

「俺は桃山だ……」

虚ろな目をした見初が、ゾンビのような動きで近付いて来る。

他の料理人は休憩で出て行ってしまい、厨房に残っているのは桃山一人。身の危険を感じて後退りする桃山だが、見初の狙いは彼ではない。

「栗……イガグリ……」

ビニール袋に入っているイガグリたちを、捕食者の目で見下ろす。

「アレッ、トキマチサン？」

「エッ、アノ……」

「ナンカ、コワイッ」

「キケンッ、キケンッ！」

昨夜、友情を築いたはずの人間の様子がおかしい。困惑するイガグリたちの声を無視して、見初はゆっくりと石を振り上げた。

「私の栗ごは――――んっ‼」

そして勢いよく彼らへ石を叩きつけようとした瞬間、

「やめろ、見初っ！　そいつらは栗でもウニでもない、妖怪・毬忍《いがにん》だっ！」

冬緒と柳村が慌ただしく厨房へ飛び込んで来た。

「ふぇ……？」

見初が動きを止めると、袋の中からスポーンッとイガグリが飛び出す。黒かったトゲは、真っ赤に染まっていた。

「いい加減にせぬか、貴様ら――――っ‼」

野太い声でイガグリ、いや毬忍が怒号を上げた。

すると他の毬忍たちも、次々と袋の中から抜け出して、厨房の中をスーパーボールのように跳ね回り始める。

「ギャアアアアッ！」

「ハッ！　あ、あれ、何で私こんなところに……？」

冬緒の絶叫で、見初はビクッと体を震わせて覚醒した。そして、手に持っている石と桃山を交互に見て青ざめる。

「私、まさか桃山さんのことを……？」

「多分違うと思うぞっ！」

冬緒はそう言いながら、見初の頭に空の鍋をカポッと被せた。

「我らを食べようなどとは笑止千万！」

ひとしきり暴れて気が済んだのか、毬忍たちは元の黒色に戻ると、ずらりと縦一列に並んだ。

「帰るぞ、皆の者！」

先頭が号令をかけると、その後ろからは「御意っ！」という声が上がった。

そしてコロコロ……と転がりながら、厨房から去って行く。入口付近に立っていた柳村は、進路の妨げにならないようにサッと避けた。

「普段は温厚だけど命の危険を感じると、ああやって凶暴な本性を露《あらわ》にするらしい。そして爆発することもあるそうだ」

呆然としている見初の肩を叩きながら、冬緒が話しかける。

「それじゃあ、食べられないってことですか……」

「うん、そうなるな……」

こうしてホテル櫻葉《さくらば》のイガグリ騒動は、幕を閉じた。

しかし残された謎が一つ。

「……だけど、あの毬忍たちをホテルの前に置いたのは誰なのかしら？」

ホテルの入口に視線を向けながら、永遠子が首を傾げる。

「しかも食べてくださいってメッセージ付きでしたね……」

「誰かの嫌がらせか……？」

見初と冬緒も不審を抱いて、唸っていると、一人の老婦人が杖をつきながらロビーにやって来た。

「こんにちはぁ、皆さん」

「あ、菊江《きくえ》さんこんにちは！」

ホテルの近くに住んでいる菊江という女性だ。家庭菜園をしていて、時折野菜をおすそ分けしてくれるのである。

「皆さん、この前の栗はどうでしたか？」

菊江の問いかけに、三人は「え？」と目を丸くする。

「もしかして、あの段ボール箱って……」

「こないだねぇ。夜に散歩をしていたら、イガグリが一列になってコロコロ転がっていたから、捕まえたんですよ。美味しかったでしょう？」

朗らかに尋ねる菊江に、見初たちは無言で顔を見合わせ、「とっても美味しかったです」と笑顔で答えた。

◆　◆　◆

一週間後。菊江は家族に連れられて、海を訪れていた。

「お母さーん、海の中に入っちゃダメだからねー」

「はいはい。分かってますよ」

適当に返事をして、のんびりと浜辺を歩く菊江。

すると前方で黒くてトゲトゲした物体が、一列に並んでコロコロと転がっているのを発見した。

「おや、どこかで見たことがあるような……海辺にいるから、ウニかね」

手に持っていた巾着袋に、ヒョイヒョイッとウニらしきものを投げ入れていく。

「後で櫻葉さんのところに持って行こうかねぇ……」

そしてそう呟きながら、散歩を続けるのだった。

◆この作品はフィクションです。
実在の人物、団体などには一切関係ありません。

双葉文庫

か-51-13

出雲《いずも》のあやかしホテルに就職《しゅうしょく》します⑬

2022年12月18日　第1刷発行

【著者】
硝子町玻璃《がらすまちはり》

【発行者】
箕浦克史
【発行所】
株式会社双葉社
〒162-8540 東京都新宿区東五軒町3番28号
［電話］03-5261-4818(営業部)　03-5261-4833(編集部)
www.futabasha.co.jp(双葉社の書籍・コミックが買えます)
【印刷所】
中央精版印刷株式会社
【製本所】
中央精版印刷株式会社

【フォーマット・デザイン】
日下潤一

ISBN978-4-575-52626-4 C0193
Printed in Japan